Maître Glockenspiel
de Philippe Meilleur
est le mille quatre-vingt-quatorzième ouvrage
publié chez
VLB ÉDITEUR.

Direction littéraire : Mélikah Abdelmoumen
Coordination éditoriale : Ariane Caron-Lacoste
Illustration en couverture : Camille Pomerlo
Maquette de couverture : Chantal Boyer
Révision : Élyse-Andrée Héroux
Correction d'épreuves : Emmanuel Dalmenesche

Catalogage avant publication de Bibliothèque et Archives nationales du Québec et de Bibliothèque et Archives Canada

Meilleur, Philippe, 1985-
   Maître Glockenspiel
   ISBN 978-2-89649-749-2
   I. Titre.
PS8626.E379M34 2017   C843'.6   C2017-941505-0
PS9626.E379M34 2017

VLB ÉDITEUR
Groupe Ville-Marie Littérature inc.★
Une société de Québecor Média
1055, boulevard René-Lévesque Est
Bureau 300
Montréal (Québec) H2L 4S5
Tél. : 514 523-7993
Téléc. : 514 282-7530
Courriel : vml@groupevml.com
Vice-président à l'édition : Martin Balthazar

DISTRIBUTEUR :
Les Messageries ADP inc.★
2315, rue de la Province
Longueuil (Québec) J4G 1G4
Tél. : 450 640-1234
Téléc. : 450 674-6237
★ filiale du Groupe Sogides inc.,
  filiale de Québecor Média inc.

VLB éditeur bénéficie du soutien de la Société de développement des entreprises culturelles du Québec (SODEC) pour son programme d'édition.
Gouvernement du Québec – Programme de crédit d'impôt pour l'édition de livres – Gestion SODEC.

Financé par le gouvernement du Canada

Nous remercions le Conseil des arts du Canada de l'aide accordée à notre programme de publication.

Dépôt légal : 3e trimestre 2017
© VLB éditeur, 2017
Tous droits réservés pour tous pays
edvlb.com

MAÎTRE GLOCKENSPIEL

MAÎTRE GLOCKENSPIEL

Philippe Meilleur

vlb éditeur
Une société de Québecor Média

Chapitre premier

Si Maître Glockenspiel rêvait depuis longtemps d'être assassiné, l'envie n'avait jamais été aussi forte qu'aujourd'hui.

Perché au balcon du dernier étage de son palais, l'empereur astiquait sa bombe nucléaire préférée, Klaria. C'était une journée d'été à faire craindre les coups de chaleur et les orages violents ; la carapace argentée de l'arme apocalyptique était aussi brûlante qu'une étoile. Maître Glockenspiel la manipulait néanmoins à mains nues, insensible aux rougeurs qui s'imprimaient sur ses doigts. Il se servait d'un chiffon blanc humide pour nettoyer la pièce maîtresse de sa collection d'obus atomiques. À chaque passe, l'eau propre laissait sur le métal un voile de buée qui s'évaporait en une seconde.

L'empereur en était à récurer les crevasses du mécanisme de mise à feu lorsque son serviteur apparut, une liasse de papiers entre les mains. Sans lever les yeux, Maître Glockenspiel fit signe à son subalterne de déposer les documents sur la table d'ivoire devant lui. Le jeune homme s'exécuta et resta là, le dos droit, à attendre les ordres. L'empereur consacra de longues minutes à s'assurer qu'aucune trace de poussière ne subsistait dans les interstices de l'arme avant de déposer son chiffon.

— Alors, Xa, vous avez de bonnes nouvelles? demanda Maître Glockenspiel.

C'était une question rhétorique. Xanoto était sous-fifre depuis assez longtemps pour savoir quand il convenait de ne pas répondre à son souverain.

Maître Glockenspiel se carra dans les coussins de plume de son fauteuil et parcourut les colonnes de chiffres en murmurant :

— Les achats de convictions neuves sont en baisse... Les boutiques de personnalités enregistrent un recul des ventes... Le revenu des marchands de bien-être s'effondre...

L'empereur leva les yeux et soupira bruyamment. Il porta un index à sa tempe et énuméra les autres symptômes de son royaume malade.

— Stagnation du volume de sueur produit en usine, travail médiocre des créateurs de richesse, fléchissement du nombre de partisans de la Fédération de lutte politique, effritement de la confiance en l'Oracle...

Maître Glockenspiel remit les documents sur la table d'ivoire et s'approcha de la balustrade contre laquelle était appuyé son sceptre. Il croisa les bras et réfléchit à ses problèmes en fixant le royaume à ses pieds.

Voilà des mois que de sombres augures lui parvenaient. Non seulement une grave crise sociale et économique paraissait inévitable, mais des mouvements de troupes avaient été détectés le long de la frontière.

L'ennemi avait-il flairé l'odeur de faiblesse qui émanait des cheminées du quartier industriel?

L'empereur tenta de mettre en mots les idées noires qui tapissaient les replis de sa conscience.

—J'aimerais être tué par un fou qui verrait en moi l'incarnation du démon. Ou encore mieux: par un adversaire politique accomplissant sa vengeance. Je n'aurais plus de problèmes, plus de dilemmes. Je deviendrais une icône, une intouchable légende, un martyr! Mon héritage serait transmis de génération en génération, et on se souviendrait de moi pendant des siècles – peut-être des millénaires!

Les yeux de Maître Glockenspiel s'illuminèrent.

— Imaginez cette scène sublime, Xa. Je suis assis au balcon de l'amphithéâtre, entouré de créateurs de richesse. Avant le début des combats, l'annonceur me présente au peuple qui applaudit poliment. Et soudain: Boum! Boum! Boum! Trois balles me transpercent la tête et je m'effondre devant les partisans affolés. Mes sujets sont choqués, les comploteurs sont débusqués, jugés et condamnés, et je suis enterré au son d'un chœur d'aristocrates forcé de chanter mes louanges. «Qu'il était bon, qu'il était généreux! Paix à son âme, longue vie à sa mémoire!»

Ce n'était pas la première fois que Maître Glockenspiel s'abandonnait à de tels fantasmes morbides. Xanoto s'en inquiéta néanmoins. Il doutait des capacités de l'empereur depuis le premier jour de son règne: sa personnalité théâtrale et impulsive lui faisait souvent prendre des décisions indignes de sa fonction. Plus les crises qu'il devait détricoter étaient complexes, plus il devenait irrationnel et suicidaire.

Le serviteur tenta de sortir l'empereur de sa torpeur.

— Être assassiné me semble la pire façon de mourir, Maître. Ne pourriez-vous pas vous changer les idées ? Une course d'hyperformance aura lieu cet après-midi à la lisière du désert, et j'ai ouï dire que les participants devront traverser une rivière peuplée d'hippopotames carnivores…

L'empereur déclina la proposition d'un geste las.

— Je divague. J'ai encore trop à accomplir pour me permettre de mourir, ce serait une perte terrible pour le peuple. Que les régicides cadenassent leurs fusils et étouffent encore un peu leurs manigances, je ne succomberai pas aujourd'hui !

Maître Glockenspiel saisit le chiffon sur la table et reprit le nettoyage de Klaria.

— Convoquez mes généraux, nous contrecarrerons les vils plans de l'ennemi. Donnez rendez-vous à John R.T.S. Smithson Sr, je souperai avec lui demain. Reportez la rencontre trimestrielle du Conseil d'administration, inventez une excuse. Et rendez visite à l'Oracle. Je m'attends à une solide reprise économique d'ici le prochain cycle.

Le serviteur hocha la tête et disparut dans les méandres du palais.

Maître Glockenspiel resta encore un bon moment sur le balcon. Au loin, près du sommet d'une montagne aux neiges éternelles, des nuages noirs s'agglutinaient.

★

L'empereur retrouva John R.T.S. Smithson Sr le lendemain soir dans la salle privée d'un restaurant aux tentures de velours. L'industriel, un homme au visage ridé par les tracas, était un créateur de richesse important. Ses usines figuraient cycle après cycle parmi les meilleures productrices de sueur du royaume, et ses artisans travaillaient sans relâche à transformer cette matière première en blocs de richesse. Or, le rendement de la chaîne de travail s'était effrité ces derniers mois, conséquence du ralentissement qui mortifiait l'économie.

— Ravi de vous revoir, mentit Maître Glockenspiel en prenant place sur le cuir luisant de la banquette.

Fidèle à la mode du moment, le menu du jour était tout en simplicité et proposait aux gastronomes un « Hommage austère aux plaisirs du voyage ».

Avant de partir
Effiloché d'éléphanteau cuit au soleil, poudre de corne de rhinocéros et sauce à l'oasis sur désert de sablés

À l'hôtel-casino
Cailles en cartes, carotte en dés, ail argenté, tapis de verdure au hasard de l'instant

Grand plongeon
*Bateau de baleine bleue et sa bruine beurrée, béchamel
au bassin de béluga, bouillon océanique et bisque
à la brise de mer*

Escale australe
*Koala aux kiwis sur kale croustillant, crumble
de kangourou au cari*

Halte hivernale
*Glacier de nougat givré, coulis de caramel
et frontière de fruits rouges froids*

Terminus
*Terrine de termites aux topinambours trapus,
whisky quantique aux quarks*

— Je voulais quelque chose de plus structuré, de moins vulgaire, mais ça ira pour ce soir, jugea Maître Glockenspiel en toisant le serveur.

De l'autre côté de la table, John R.T.S. Smithson Sr avait l'air inquiet d'un voyageur qui cherche son passeport dans une valise encombrée.

—Vos plats sont-ils sans gluons ? s'enquit l'homme d'affaires.

— Pardonnez-moi, monsieur, mais…

— Les gluons sont des particules subatomiques. La physique moderne les utilise dans ses modèles pour agglomérer les protons et les neutrons.

Le serveur fit semblant de comprendre. Smithson Sr ne fut pas dupe et poursuivit :

— Vous conviendrez que ça ne semble pas très naturel. J'y suis d'ailleurs intolérant. N'ingérerais-je qu'*un seul* gluon que je passerais la semaine à combattre ballonnements et reflux.

Le serveur raidit le dos.

— Je vous prie d'accepter nos excuses les plus sincères. Je vais prévenir le chef.

John R.T.S. Smithson Sr soupira en regardant le larbin embarrassé sautiller vers la cuisine.

— L'ignorance des gens me sidère. Est-ce un caprice que de ne pas vouloir être le cobaye de l'industrie de la physique moderne ?

Maître Glockenspiel s'apprêtait à acquiescer quand la sommelière s'avança d'un pas feutré, une bouteille poussiéreuse entre les mains.

— Nous avons le privilège d'abriter dans nos caves un vin historique qui serait presque digne de votre palais, osa-t-elle.

Elle présenta la précieuse fiole avec la délicatesse qu'on réserve d'ordinaire aux nouveau-nés.

— Voici le grand cru de la maison Kingsbury, que monsieur Paul-Henri dirige et représente. Son domaine ne produit qu'un seul litre de vin par année. Et pour cause : monsieur Paul-Henri est atteint du syndrome de la lenteur.

Maître Glockenspiel et John R.T.S. Smithson Sr réprimèrent un hoquet de surprise.

— Hélas, oui ! laissa tomber la sommelière. Monsieur Paul-Henri est affligé par ce mal depuis l'enfance. Ses mouvements sont lents comme l'ombre des vignes qui avance sur la terre de son domaine... Un sort si injuste.

Elle ravala son émotion.

— Ce n'est pas le seul malheur de la vie de monsieur Paul-Henri. Sa sœur Catherina est morte quand il avait douze ans. Elle a été terrassée par l'ingestion accidentelle d'un vin commercial lors d'une visite chez des amis. Occise dès la première gorgée. Une fin si cruelle...

Les yeux des convives s'embuèrent.

— Vous comprendrez que le seul plaisir de monsieur Paul-Henri est de se lever le matin pour, un geste interminable à la fois, créer ce vin exquis. Il y met toute son énergie. Il masse chacun des raisins en leur narrant des contes, berce ses vignes pour les endormir à la nuit tombante et embrasse la terre de son champ pour lui conserver sa belle humidité.

La caviste entreprit la description du nectar.

— Ce travail débouche sur des arômes de baies rouges écrasées à la fourchette d'étain, de gingembre moulu par une quinquagénaire en bonne santé physique et mentale, et de poussière de roche plutonique issue d'un jeune massif montagneux. Vous remarquerez aussi une finale qui évoque le pneu d'hiver clouté freinant sur un chemin fraîchement pavé au solstice d'été.

La sommelière murmura une courte prière avant d'extirper le bouchon de liège du goulot. Elle versa dans un verre une goutte de vin, la fit rouler doucement, en renifla les arômes, la souleva vers le lustre au plafond, l'examina par en dessous, par au-dessus, par les côtés, approcha son oreille du pied de cristal, exécuta une brève chorégraphie mystique, puis goûta.

Elle grimaça aussitôt.

— Oh, il est bouchonné ! Paul-Henri n'est qu'un charlatan grabataire ! Attendez, je vous propose autre chose.

L'œnologue retourna à la cave. Maître Glockenspiel en profita pour passer à l'attaque.

— Monsieur Smithson Sr, la productivité de vos usines de création de richesse s'essouffle. Vous êtes trop important pour la vitalité du royaume : je ne peux tolérer ce ralentissement.

L'homme d'affaires fut pris de court.

— Mais… je ne comprends pas. J'ai augmenté la force de mes pressoirs et réduit l'épaisseur de leur rembourrage. Croyez-moi, je…

— C'est insuffisant, le coupa l'empereur. Vous savez que nous traversons une période difficile. Ne m'obligez pas à faire usage de moyens coercitifs. Je vous le demande en tant qu'allié et souverain : trouvez une solution. Que vos pressoirs pressent nuit et jour, que la sueur de vos prolétaires se dilue dans leurs larmes, que vos fontaines à retombées jugulent leur débit !

Un râle d'irritation parvint des cuisines tandis que le serveur réapparaissait, une corbeille de petits pains à la main.

— Notre cuisinier tranche chaque atome de vos ingrédients pour en retirer les gluons, s'enorgueillit-il. Il utilise son couteau le plus acéré, l'opération ne traînera pas.

John R.T.S. Smithson Sr l'ignora et plongea ses doigts dans la mie tiède, un œil fixé sur Maître Glockenspiel.

— Chacun doit faire sa juste part, conclut l'empereur.

Son message passé, il se détendit.

— Dossier réglé. Passons aux choses plus amusantes, monsieur Smithson Sr. J'ai su que vous aviez entamé la rénovation de votre palais. Avez-vous opté pour ces planchers de rubis que votre marchand de bien-être vous a tant vantés ?

★

Alors que Maître Glockenspiel picorait son koala, Xanoto Archibal Theophilus patientait dans l'antichambre du temple de l'Oracle.

La pièce était aussi luxueuse que l'exigeait l'importance de l'entité qui se trouvait derrière la porte. Au centre, des bourgeons brillants se balançaient aux branches d'un arbre à argent plus vieux que le sanctuaire lui-même. Un ruisseau de platine liquide coulait en un clapotis rassurant près de racines enfouies sous des terres rares. À gauche, une tortue de bronze aux yeux vengeurs menaçait les visiteurs de son bec. À droite, d'épais almanachs à la reliure dorée attendaient dans une bibliothèque de saphir qu'un aristocrate y trouve une bonne occasion de placement.

Xanoto admira le scintillement des statistiques vertes et rouges qui orbitaient en silence dans la noirceur des écrans accrochés aux murs. Il observa les pourcentages braqués, tels des télescopes, sur la planète économique. Se trouver au centre d'un univers financier en perpétuelle expansion le faisait se sentir tout petit.

On lui fit enfin signe d'entrer ; l'Oracle était prêt à le recevoir.

La sobriété monacale de l'étude de l'Oracle tranchait avec la décoration opulente de l'antichambre. Un petit bureau de granit, un plancher de béton froid, des murs d'un gris austère, un candélabre en aluminium qui semblait sorti d'un magasin à rabais…

L'Oracle avait la forme d'un nuage capable de modifier à volonté sa densité et sa couleur. Flottant paresseusement dans l'air, il diffusait ce jour-là une lumière rappelant l'éclat d'une améthyste.

— Maître Glockenspiel considère que le ralentissement a assez duré, dit Xanoto. Il craint une récession. Il veut donc stimuler l'économie en encourageant la surconsommation dans la classe ouvrière.

L'Oracle, comme souvent, ironisa.

— Stimuler l'économie… quelle idée originale ! Je n'y avais pas songé ! L'empereur est un génie. Vous devriez faire fondre une statue en l'honneur de ses connaissances en matière de finances, je l'installerais sur un piédestal à l'entrée de ce temple, et ainsi, les sujets en quête de conseils sauraient qui est le véritable spécialiste du royaume.

Xanoto se crispa.

— Je ne voulais pas vous offusquer.

— À quoi vous attendiez-vous ? Vous en êtes à votre quatrième visite depuis le début du cycle. Chaque fois, vous me suppliez d'inciter les ouvriers à augmenter leurs dépenses. Je passe déjà mes jours à répéter des messages positifs aux créateurs de richesse et aux marchands, je ne peux pas en faire davantage. Je suis un prophète, pas un dieu.

Le serviteur de l'empereur fit comme s'il n'avait rien entendu.

— Dites à la classe ouvrière qu'une embellie est imminente et qu'elle peut dépenser sans crainte. Maître Glockenspiel veut que toute la population du royaume ait acheté une nouvelle personnalité avant la fin du prochain cycle.

— Bien sûr, bien sûr, et quand tout le monde aura épuisé ses économies, nous tomberons dans une violente dépression, et vous m'implorerez de trouver une solution magique. Maître Glockenspiel n'a aucune idée de ce qu'il fait.

— Oubliez l'empereur un instant. Les gens vous aiment, ils écoutent vos conseils et ont confiance en vos prédictions. Faites-le pour eux.

Le nuage de l'Oracle se fit plus épais.

— Si ça peut vous faire plaisir... Mais le miracle n'aura pas lieu.

Xanoto courba l'échine et quitta la pièce.

En sortant du temple, il s'attarda un moment devant l'interminable file d'attente qui s'allongeait devant les portes dorées. Il eut un malaise à la vue des centaines de prolétaires qui patientaient depuis des jours – des mois, pour les plus pauvres – dans l'espoir d'obtenir une audience.

Xanoto ne l'avait pas laissé paraître pendant leur entretien, mais il était d'accord avec l'Oracle sur un point : l'imprudence de Maître Glockenspiel devenait dangereuse. Son obsession à maintenir une productivité élevée et des cycles de consommation extrêmement courts le rendait aveugle aux catastrophes à venir.

Oui, s'il était tout à fait honnête avec lui-même, Xanoto devait admettre qu'il commençait à être inquiet. Heureusement, il avait un plan pour sauver le royaume des mauvaises décisions de son souverain. Un plan secret.

★

Le quartier industriel fleurait bon la création de richesse. Les cheminées de ses usines s'époumonaient, exhalant une fine bruine de sueur. Des camions déglingués, chargés d'ouvriers, circulaient en grinçant sur les boulevards striés d'une ligne jaune.

Soufflés par le vent du va-et-vient économique, des molécules âcres menaçaient les narines et des fragments de suie virevoltaient entre les mailles des salopettes.

Immobile devant la guérite de bois de l'usine où il travaillait, Tyler observait la scène avec autant de fascination que dans son enfance. Il n'avait jamais rien connu d'autre que le vacarme poussiéreux et fébrile du quartier. Chaque matin, il arrivait cinq minutes avant le début de son quart pour s'imprégner des odeurs et des sons de cette course perpétuelle.

Parfois, quand il se sentait mélancolique, il regardait les camions rouler vers l'ouest, et s'imaginait s'accrocher à l'un d'eux pour partir à la découverte du royaume. Le centre-ville et les quartiers riches étaient des endroits mystérieux, presque interdits, et il lui arrivait de sentir l'appel de l'aventure. Mais il avait accepté depuis longtemps de jouer son rôle sans se plaindre.

Le gardien de sécurité s'impatientait dans sa guérite de voir cet ouvrier rêvasser. Tyler se décida donc à passer la clôture. Sous l'arche d'acier de l'entrée des travailleurs, il aperçut, coincés entre deux cheminées, les rayons froids du soleil matinal.

La routine de Tyler avait la précision d'une horloge atomique : il montait au vestiaire en écoutant le son de ses bottes de sécurité qui cognaient contre les marches de l'escalier métallique ; il chatouillait le cadenas de son casier en égrenant une combinaison qu'il n'oubliait jamais ; il remplaçait, sur la première tablette, son casque par son dîner ; puis il tapotait une caisse jaune vissée au fond de son casier, en priant pour ne jamais avoir à l'ouvrir.

Il traversait ensuite le plancher de béton ciré jusqu'à la salle des pressoirs, retrouvait son appareil et en actionnait l'ouverture. Il attendait que la cloche de son quart retentisse – il lui arrivait d'utiliser ces quelques secondes de flottement pour saluer un collègue –, puis s'engouffrait dans la capsule.

Il passait les huit heures suivantes à se faire presser par un puissant mécanisme hydraulique qui extrayait de son corps des litres de sueur. La précieuse écume était ensuite envoyée aux artisans, qui la transformaient en briques, en pièces ou en liquide – certains travaillaient à l'usine, alors que d'autres, plus raffinés et expérimentés, possédaient leur propre atelier. Une pause séparait la journée en deux. À la fin de son quart, il faisait le trajet en sens inverse – sans s'arrêter pour contempler quoi que ce soit, cette fois – et rentrait dans sa maison vide.

Ce soir-là, toutefois, la routine de Tyler fut bouleversée lorsqu'il fut convoqué avec ses collègues par le contremaître, un homme trapu et bête, à la moustache noire et épaisse. Le chef rassembla ses subordonnés sous la lumière agressive des néons d'un local aveugle.

— Bonne nouvelle ! clama-t-il. Monsieur John R.T.S. Smithson Sr, notre bienveillant propriétaire, veut améliorer notre productivité. Nous augmenterons donc de quelques kilos la pression sur les machines des ouvriers aptes.

Sachant que le contremaître était incapable de sarcasme, Tyler pinça les lèvres pour ne pas rouspéter. D'autres ne s'en privèrent pas.

— Je suis déjà au maximum, je me suis cassé un doigt la semaine dernière ! gémit un homme à la chemise tachée d'huile. Et on a eu trois pertes de conscience depuis avant-hier !

Le contremaître balaya ces paroles d'un geste des mains.

— Soyez sans crainte : nous ferons tout pour limiter les impacts sur votre santé physique. Promis ! Les premières machines seront ajustées demain.

Sur le chemin du retour, Tyler eut un haut-le-cœur. Il avait toujours tiré une grande fierté de travailler dans une usine de création de richesse ; c'était pour lui une noble façon de contribuer à la prospérité du royaume. Mais il approuvait les doléances de ses collègues.

Même pour un homme baraqué comme il l'était, la pression des machines était devenue insoutenable.

★

Tyler se sentait à l'étroit dans sa capsule.

Il travaillait à l'usine depuis assez longtemps pour avoir obtenu quelques privilèges, dont l'installation de coussinets protecteurs en mousse. Ce rempart ne réduisait pas la pression, mais il protégeait sa peau des éraflures. Or, ces dernières semaines, Tyler terminait souvent ses quarts l'épiderme taché de rigoles rouges, les articulations en coton et le crâne tambourinant.

Il en était à se demander comment procéder pour déposer une plainte lorsqu'un hurlement fendit le vacarme des systèmes hydrauliques. C'était un cri de détresse et de douleur ; Tyler appuya sur le bouton d'urgence, sortit de sa capsule et se précipita en direction du cri, qui avait retenti quelques mètres à sa droite.

Il comprit aussitôt que c'était grave. L'une des machines grésillait en lançant des étincelles effrayantes. Des rubans de fumée grise émanaient des pompes qui poursuivaient obstinément leur mouvement frénétique. L'aiguille rouge du cadran de pression s'agitait.

— Il est coincé, la porte ne s'ouvre pas ! hurla un ouvrier qui tentait d'extirper le malheureux de sa capsule.

L'alarme générale retentit et des clignotants orange s'affolèrent. Tyler saisit la poignée et força en grognant avec son collègue. Leurs efforts furent récompensés : les gonds de la porte cédèrent avec un bruit de bouchon de champagne. Le système hydraulique ralentit comme un train entrant en gare.

Des ouvriers sortirent la victime de la capsule. Son corps était aplati, ratatiné et bleu.

Il était mort.

Un frisson de colère parcourut Tyler. Les machines à presser n'étaient pas conçues pour supporter les accélérations demandées par les patrons. À court terme, d'autres drames surviendraient. C'est d'ailleurs ce que crachaient les autres ouvriers témoins de la scène.

Le regard sévère, Tyler retourna aux vestiaires d'un pas triste. Le moment qu'il redoutait tant était arrivé.

Il se pencha vers la caisse de métal jaune vissée au fond de son casier et l'ouvrit. En tant que plus ancien travailleur de sa section, c'était à lui que revenait cette responsabilité.

La caisse contenait des vêtements protocolaires aussi propres que le permettait la vie d'usine. Tyler cira les chaussures noires jusqu'à les rendre éblouissantes et noua la cravate à la perfection. Il chassa les particules de poussière incrustées dans la laine du veston et fit reluire les boutons de manchettes. Il descendit ensuite les escaliers de métal en prenant soin de ne pas salir les bords de son pantalon sombre. Il sortit de l'usine sans saluer le gardien et se mit en route vers la maison de son défunt collègue.

L'appartement se trouvait au deuxième étage d'un minuscule immeuble en vieilles briques vertes. Immobile sur le trottoir, Tyler ferma les yeux et s'efforça de prendre un air solennel.

Il répéta mentalement le discours officiel mémorisé lors de sa formation : «Vous êtes bien (lien de parenté) de (nom de l'ouvrier décédé)? J'ai des nouvelles tragiques à vous annoncer, puis-je entrer? Merci. Nous pouvons nous asseoir? Merci. Le service de sécurité de (nom de l'usine), au nom de monsieur John R.T.S. Smithson Sr, m'a chargé de vous informer que (nom de l'ouvrier décédé) est mort aujourd'hui à l'usine, (indiquer sommairement la cause du décès). Veuillez accepter nos plus sincères condoléances.»

Tyler devrait ensuite marquer une pause pour permettre aux proches d'accuser le coup, puis les inviter à poser leurs questions. Dans ses réponses, on voulait qu'il se montre réconfortant, ému et digne, mais qu'il évite les larmes, les promesses et les précisions inutiles. Au bout de quelques dizaines de minutes, il offrirait à nouveau ses condoléances, puis quitterait la famille endeuillée.

Tyler monta les marches et frappa trois coups.

★

Loin de faiblir, la pression imposée aux capsules des ouvriers augmenta au fil des semaines, si bien que les visites morbides de Tyler devinrent routinières. Un matin, le contremaître le convoqua dans son bureau pour lui transmettre une «information réjouissante».

— Nous avons décidé de vous nommer agent de notification mortuaire à temps plein. Votre salaire sera ajusté à la hauteur de vos nouvelles responsabilités. Félicitations!

À compter de ce jour, le quotidien de Tyler devint un triste vaudeville où se succédaient les veuves en pleurs, les maris aux gueules cassées et les amants éplorés. Il frappait à des portes qui s'ouvraient en grinçant, s'asseyait dans des fauteuils noirs et laissait derrière lui des voisins horrifiés, des collègues apeurés et des familles brisées.

Bientôt, cette nouvelle routine devint machinale et cessa de tourmenter Tyler. L'ouvrier en fut effrayé mais continua de s'exécuter – jusqu'au jour où il oublia le nom du défunt et, sous les yeux médusés de ses proches, dut sortir son carnet de sa poche pour se tirer d'embarras.

— J'ai tellement de notifications à donner aujourd'hui, je suis infiniment désolé…, bredouilla-t-il en cherchant le nom du malheureux.

Ayant été chassé à coups de pied de la maison par les endeuillés, Tyler s'arrêta un moment sur le trottoir pour reprendre ses esprits. Sa tâche lui semblait plus insupportable que la pression de tous les pistons hydrauliques du royaume réunis.

Il se mit à marcher vers l'ouest, dans la même direction que les camions chargés de sueur. Il n'avait pas de but précis, il voulait seulement de fuir ce quartier oppressant. Il passa sa propre maison et son voisinage, puis sortit des limites du secteur industriel. Il continua à marcher, perdu dans ses pensées. Comment avait-il pu oublier le nom de la victime ? Quel tort venait-il de causer à cette famille, à cette communauté ? Était-il destiné à n'être plus que le messager atone des mauvaises nouvelles des créateurs de richesse ? Son obéissance faisait-elle de lui le complice de leurs abus ?

Fourbu, Tyler continua néanmoins de marcher quand la nuit s'installa. Vers minuit, il arriva à un sentier qui s'enfonçait dans une forêt clairsemée. Il fit une pause pour réfléchir à la suite des choses. Jamais il ne s'était aventuré aussi loin.

Il sentit monter en lui la même appréhension qui apparaissait parfois avant le début de son quart, quand il regardait les camions prendre la route du centre-ville.

Tyler reprit sa marche. Sa décision était prise : demain, pour la première fois de sa vie, il ne se présenterait pas au travail.

★

Valentina comprit toute l'absurdité de sa mission lorsqu'elle vit un soldat ennemi se planter à un mètre d'elle.

Elle était perchée sur ce sommet stratosphérique depuis des semaines. Seule et déprimée, mordue par un froid qui laissait de profondes empreintes violettes sur sa peau claire, elle surveillait une frontière absurde tracée sur la crête d'une montagne si haute qu'elle dominait les nuages.

. La démarcation entre les royaumes opposés coupait en deux parts égales le pic rocheux. Au nord, la patrie de Valentina. Au sud, celle de l'ennemi.

Quand le soldat planta ses bottes dans la neige, Valentina ne sut comment réagir. Elle s'était habituée à vivre en solitaire sur ce plateau minuscule. Le caractère inhospitalier des lieux et l'aspect futile de sa mission nourrissaient en elle une rage sourde. Cela faisait des jours qu'elle ruminait sa frustration, songeant sporadiquement à se jeter dans la crevasse sans fond qui se trouvait derrière elle. Quelques pas de reculons, et hop ! terminé pour Valentina.

Or, voilà que son coin de planète était à un pas d'être envahi.

Valentina redressa le dos et plaqua une expression imperturbable sur son visage. Les poils de son capuchon fouettaient son front, qui la démangeait, mais elle se retint de faire quelque mouvement que ce soit.

Le soldat ennemi était encore plus jeune que Valentina, qui pourtant sortait à peine de l'adolescence. La jeune femme en profita pour écarter subtilement les épaules sous son manteau, espérant paraître ainsi plus imposante. Elle eut l'idée de faire glisser vers sa hanche la carabine accrochée à son dos, mais se ravisa. Inutile de provoquer un incident de frontière en ces temps déjà troublés.

Au bout de trois heures, Valentina commença à s'ennuyer de nouveau. Mais juste avant de s'enfermer pour de bon dans ses pensées, elle fit un geste qui – elle ne le savait pas encore – allait avoir une importance capitale pour la suite des choses. Elle se pencha et traça du doigt dans la neige vierge une ligne d'un mètre devant les bottes de son rival.

« Mon côté, ton côté, songea-t-elle en fixant son adversaire. Comme ça, tout est clair entre nous deux et nous n'aurons pas de problèmes. »

★

Les deux fantassins étaient si frigorifiés qu'ils semblaient prêts à se fissurer. Bien qu'aucune parole n'ait été échangée entre eux, Valentina avait déjà le sentiment d'un peu mieux connaître son opposant. Il était inexpérimenté, à en juger par sa difficulté de plus en plus apparente à se tenir au garde-à-vous. Son expression statufiée laissait deviner une volonté impérieuse de ne pas désobéir, signe qu'il était issu d'une caste populaire.

Valentina, quant à elle, se retenait d'éclater de rire. Cet affrontement farfelu, cette guerre de très basse intensité refroidissaient ses pensées jusqu'à les rendre aussi dérisoires qu'une allumette dans un blizzard.

Quelle était donc cette vie qu'on avait choisie pour elle ? Pourquoi subir la neige, les engelures, la vue des nuages à ses pieds ? Que faisait-elle là-haut – que faisait-elle tout court ? Qu'attendait-elle pour retourner dans la forêt ?

Ironie du sort, c'est alors qu'elle était stationnée dans un désert que Valentina avait été condamnée à monter la garde à ce singulier point de passage. Son sergent l'avait extirpée de son lit tandis qu'il faisait encore nuit, pour l'engueuler à la lueur des étoiles.

—Vous avez désobéi ! avait-il aboyé. Où est le décompte des grains de sable que je vous ai demandé ? Nos tanks devront faire leur patrouille à l'aveuglette !

Elle avait fait son barda en secouant chaque objet pour le débarrasser du sable maudit, avait baissé la tête en écoutant les réprimandes d'un haut gradé, et s'était envolée vers le camp de base de la montagne. On lui avait remis un uniforme d'hiver et des habits de neige trop grands, et elle avait escaladé les parois enneigées jusqu'à la corniche la plus élevée. Il s'était écoulé si peu de temps entre les deux affectations qu'elle sentait parfois encore dans ses bottes une parcelle de désert lui chatouiller les orteils.

À force de fixer le visage du soldat ennemi, Valentina y avait découvert des traits similaires à ceux de son frère Victor. Cela faisait des mois qu'elle n'avait pas communiqué avec lui, et son souvenir commençait à s'estomper. Il y avait quelque chose d'effrayant à l'idée que le dernier membre vivant de sa famille puisse à son tour disparaître. Après tout ce qu'ils avaient traversé…

Valentina chassa ces sombres pensées en s'amusant à trouver des surnoms ridicules à son vis-à-vis. Baptiste l'Alpiniste. Simon le Glaçon. Théodore le Mort. Alors qu'elle se mordait la lèvre pour ne pas rire, le jeune homme vacilla. Le mouvement fut d'abord subtil, une simple ondulation dans la danse des flocons. Mais bientôt son corps tangua, il tenta de reprendre pied, puis il s'écroula d'un bloc en faisant péter la neige sous son poids.

Valentina considéra la scène avec stupéfaction. Le haut du corps de l'ennemi était tombé du mauvais côté de la démarcation qu'elle avait tracée au sol. Il y avait donc intrusion. Et les ordres reçus au camp de base étaient clairs : toute violation des lignes frontalières devait d'abord être repoussée, puis signalée.

L'homme respirait encore, mais la couleur – ou plutôt l'absence de couleur – de son visage laissait présager le pire. Au loin s'agitaient d'imposants nuages remués par un vent fou : la tempête était imminente. Abandonner le soldat à son sort équivaudrait à une condamnation à mort. Mais le secourir reviendrait à désobéir aux ordres.

Immobile, maudissant le destin qui la plaçait devant ce choix cruel, Valentina soupesa ses options. Et si elle abrégeait les souffrances du malheureux en le balançant dans la crevasse ? Elle n'aurait qu'à plaider la folie passagère ou à feindre l'amnésie...

La jeune femme se ressaisit.

Elle laissa s'échapper une litanie de jurons, s'agenouilla près de l'ennemi, le saisit par les aisselles et entama la longue descente vers le village le plus proche. Tant pis pour la frontière, le camp de base et les ordres. Elle sauverait cet homme.

Chapitre II

Maître Glockenspiel livrait un combat épique au bâillement qui voulait s'emparer de sa mâchoire.

Il tolérait depuis dix minutes les doléances d'une aristocrate nommée Maria-Claudius III, qui s'énervait dans son bureau en râlant au sujet de la construction prochaine d'une école sur un terrain limitrophe à sa résidence. Le temps de l'empereur était trop précieux pour être consacré à une vulgaire question de zonage, mais Maria-Claudius III était l'une des plus grandes philanthropes du royaume. Elle avait redistribué beaucoup de richesse dans la Tente de la charité ces dernières années – ce qui lui assurait un accès privilégié au pouvoir.

La liste de ses arguments pour bloquer la construction de l'école semblait infinie.

— Les piailleries pendant la récréation nuiront à mes séances de méditation, gémit-elle. La forme des modules de jeux jurera avec l'architecture de mon palais. Et l'odeur de la cafétéria me coupera l'appétit… On m'a dit que les enfants se nourrissaient d'aliments gras et salés. Dégoûtant! En plus, les feuilles mortes des arbres qu'ils veulent planter dans la cour rendront le trottoir glissant pendant l'automne…. Et parlant de végétation, mon marchand de bien-être dit que le bâtiment fera perdre une demi-seconde d'ensoleillement à mes bégonias. Qui me dédommagera pour ce gâchis ?

Maître Glockenspiel fit mine d'être sensible à ses récriminations.

— Noble dame, l'école sera entièrement construite en métaux rouillés, ce qui forcera sa fermeture peu de temps après l'inauguration. L'enseignement se fera en langage des signes, et les élèves non muets devront subir l'ablation des cordes vocales. Aucune nourriture ne sera acceptée sur le terrain de l'école et les arbres seront remplacés par des cactus.

Maria-Claudius III demeura insatisfaite.

— Et mes bégonias ? J'y suis très attachée, ils sont un élément essentiel de ma personnalité.

— Nous pourrions construire l'école vingt pieds sous terre, comme un bunker ? suggéra l'empereur.

L'aristocrate sembla se calmer.

— C'est une idée... Mais j'ai des craintes quant à l'impact sur la nappe phréatique. En tant qu'environnementaliste idéaliste, je dois être sensible aux enjeux qui touchent le bien-être de ma communauté. Et vous savez que...

Maître Glockenspiel en eut assez.

— J'ai compris, j'ai compris, je ferai annuler la construction de l'école au prochain gala de la Fédération de lutte politique.

L'empereur grogna en se penchant vers le dernier tiroir de son bureau, d'où il extirpa un lourd cartable frappé du titre «Scénario - Gala n° 538». Il fit glisser ses doigts sur des onglets colorés, tourna les pages jusqu'à la section pertinente et sortit une plume de la poche avant de son veston.

— Le Fossoyeur se bat bientôt contre le Prophète de bonheur, je demanderai aux scénaristes de faire les modifications nécessaires, promit-il en rayant un paragraphe du document et en gribouillant quelque chose dans la marge.

Maria-Claudius III semblait toujours inquiète.

— Et les prolétaires accepteront le résultat ? Même les partisans du Clan de gauche ? J'ai entendu dire que les classes populaires accordaient de moins en moins de crédibilité aux lutteurs… Même la Vipère communiste ne fait plus courir les foules comme avant, à ce qu'on raconte.

Maître Glockenspiel leva des yeux exaspérés vers sa riche interlocutrice.

— Ne soyez pas ridicule : les prolétaires ne savent pas que les combats de la Fédération sont scénarisés. Ils n'ont aucune raison de douter de la légitimité des décisions qui sont prises lors des galas.

L'empereur raccompagna prestement son invitée jusqu'à la sortie avant qu'elle n'ait le temps de trouver un nouveau contre-argument.

De retour à son bureau, il fut saisi d'une profonde lassitude. Ce genre de conversation avait le don de drainer son énergie. Or, il avait des décisions autrement plus importantes à prendre.

Le renforcement de la surveillance aux frontières n'avait fait qu'aiguillonner l'ennemi, qui avait déployé des fantassins jusque dans les secteurs les plus incongrus de la zone frontalière.

Les nouvelles économiques étaient tout aussi mauvaises. Il se créait toujours moins de richesse, et ce, malgré le durcissement de la condition ouvrière. Le quart des fontaines de redistribution du royaume étaient à sec; dans le quartier industriel, il avait même fallu qu'un avion-citerne rempli de richesse fondue arrose d'urgence tout un pâté de maisons afin d'éviter qu'un foyer révolutionnaire ne s'embrase. Des flammes contestataires y couvaient toutefois encore, selon la rumeur.

Quant à l'Oracle, il s'obstinait à prédire mille et une calamités et faisait peur aux prolétaires avec des prophéties pessimistes. Leur confiance pouvait bien être au plus bas!

Enfin, le dernier gala de la Fédération de lutte politique s'était déroulé dans un amphithéâtre à moitié vide. Les partisans étaient désabusés et accordaient de moins en moins foi à la parole des lutteurs, comme l'avait deviné l'insupportable Maria-Claudius III. Certains détenteurs de personnalités anarchoradicales avaient même commencé à contester les résultats des combats…

Maître Glockenspiel se frotta les tempes en fixant le feu de cheminée. Il songea à faire la toilette de

Klaria, mais se ravisa. Il déverrouilla plutôt le cabinet vitré à côté de sa table de travail, puis inspecta d'un air satisfait sa collection de bouteilles d'air rare. Il en extirpa une de son écrin et la manipula avec soin ; les molécules qu'elle renfermait valaient dix fois le salaire annuel d'un ouvrier.

Ces bouteilles avaient toutes une histoire à raconter. Leur contenu avait été pompé par des experts dans des endroits insolites : une poche d'air prisonnière de la poupe d'une épave submergée depuis cinq cents ans, l'enveloppe gazeuse d'une planète géante, la bulle d'une boisson sucrée ayant appartenu à un lutteur célèbre.

La dégustation d'air rare est un art, et il avait fallu des années à Maître Glockenspiel pour apprendre à discerner les arômes subtils de ses bouteilles. Lorsque ses amis aristocrates soupaient à sa table, il prenait plaisir à épater la galerie avec les plus belles pièces de sa collection. Cette activité lui procurait une telle joie qu'il se sentait parfois triste pour les pauvres prolétaires, qui devaient se contenter de respirer l'air commun du royaume.

Maître Glockenspiel déboucha la bouteille en prenant garde de ne pas laisser s'échapper son précieux contenu. Il vida ses poumons, et huma.

Cet air lui rappelait les climats secs et rudes des déserts où surgissent les mirages et meurent les assoiffés. Il renifla de nouveau et crut percevoir une touche de vent chaud, un soupçon de carapace de scorpion et un tantinet de sables oasiens. Il referma la bouteille et la fit pivoter pour consulter l'étiquette. «Aspiré dans une masse froide au-dessus de la banquise, cet air pur rappellera aux nez fins le pingouin mouillé et l'ourse polaire en chaleur...»

Maître Glockenspiel poussa un si long soupir qu'on eût dit qu'il se dégonflait. Il posa la bouteille sur le sol, résistant à l'impulsion de la fracasser dans la cheminée. Décidément, rien n'allait comme il le voulait.

★

L'Artiste était déjà fort aviné quand commença le combat principal du gala de la Fédération de lutte politique. Il était accoudé au comptoir d'un bar populaire et enfilait les pintes de bière charbonneuse au rythme d'une locomotive. Autour de lui, des débats enflammés, des éclats d'hilarité, des tournois de bras de fer. Il s'en foutait. En tant qu'artiste, l'Artiste était au-dessus de ces manifestations. Il était ici pour réfléchir et pour absorber l'essence de l'époque dans le but de la coucher dans un roman.

Son roman.

Il y songeait depuis un an. Il en avait eu l'idée en entendant parler d'un manuscrit d'un seul mot lancé par un écrivain fort prisé par l'aristocratie. On disait qu'il s'agissait d'un mot si puissant, si juste, qu'il changeait la vie de ceux qui le lisaient. Un mot, claironnaient les journaux, qui nous laissait à jamais chamboulés. L'Artiste n'avait pas les moyens de se procurer l'un des rares exemplaires de ce chef-d'œuvre ; il avait néanmoins décidé de plonger à son tour dans cette quête glamour qu'est la création littéraire. Lui aussi, il allait produire un livre apprécié des puissants.

Dans l'estaminet, la rumeur s'accentua alors que les deux héros de la soirée apparaissaient sur les écrans. D'un côté, le Prophète de bonheur, porte-parole du Clan de gauche. De l'autre, le Fossoyeur, lugubre figure qui régnait sur la Fédération depuis des mois en tant que premier champion. Pour cette introduction filmée, le Prophète tressait des nœuds dans sa longue barbe blanche ; le Fossoyeur frappait des chiots pour les faire aboyer de douleur.

L'enjeu du combat était la construction d'une école dans un quartier aristocratique. À l'instar de ses partisans, le Prophète y était favorable. Le Fossoyeur, lui, s'opposait au projet.

Bien que la majorité des clients du bar s'identifiaient au Prophète de bonheur, une petite clique rassemblée au fond de l'établissement encourageait le Fossoyeur. Ces gens narguaient leurs adversaires, les menaçant d'une nouvelle baisse du débit des fontaines de redistribution et d'une augmentation du nombre d'heures travaillées dans les usines. Les partisans du Clan de gauche enterraient ces injures en scandant des slogans prônant une hausse du salaire minimum.

Les premières minutes du combat furent endiablées. Le Prophète de bonheur eut d'abord le dessus et faillit même remporter le duel grâce à une prise de soumission. Mais le Fossoyeur, qui en avait vu d'autres, se dégagea et contre-attaqua avec une série de coups de pied dévastateurs. À la télé, les descripteurs de la Fédération — Jerry et Rocco le Loco, deux anciens lutteurs — s'excitaient.

— Quel combat spectaculaire, c'est coup pour coup ! s'enflamma Jerry.

— Complètement épastrouillant ! confirma Rocco le Loco. On a droit à une vraie bagarre de ruelle ce soir ! Ça me rappelle mon combat contre l'équité salariale il y a vingt ans, j'avais fini la soirée avec cinq cent quatre fractures, un record qui tient toujours !

— Ah ! C'était tout un affrontement, Rocco. Oh, mais attends... qu'est-ce que je vois ? Les Chenapans sautent sur le ring ! Ils viennent aider le Fossoyeur, leur allié de toujours. L'arbitre tente de les éloigner... Oh, mais non ! Le Fossoyeur profite de cette diversion pour s'emparer de la convention collective des fonctionnaires !

— Elle était cachée sous le ring ! s'énerva Rocco. Abracadabrant !

— Il ne va pas... Non, non, dites-moi qu'il n'osera pas... Mais oui ! Le Fossoyeur assomme le Prophète avec le cartable ! On parle ici de trois mille deux cent vingt-quatre pages de clauses négociées et de lettres d'entente : ça fait mal ! Le pauvre Prophète est au sol, complètement groggy... Les Chenapans quittent le ring, l'arbitre fait le compte... Victoire du Fossoyeur ! L'école ne sera pas construite !

— Magistral! analysa Rocco. La dernière fois que j'ai été aussi excité, c'était pendant le combat sur le redécoupage des circonscriptions scolaires. C'était un vrai bain de sang, à faire vomir un vampire!

Une clameur éclata au fond du bar. La dispute entre les partisans des deux lutteurs avait dégénéré en un violent débat sur les privilèges consentis aux mères monoparentales. Incapable de rester impassible, l'Artiste sortit le *Guide d'opinions préfabriquées* qu'il avait acheté de seconde main et lut le plus fort possible, prenant un air offensé :

«Être contre ces privilèges, c'est être contre l'humanité!»

Les partisans du Fossoyeur se moquèrent de lui en le pointant du doigt. Dépité, l'Artiste finit son verre et quitta les lieux. Il en avait assez d'être un simple spectateur. Il devait immédiatement s'atteler à l'écriture de son roman. Le monde avait assez attendu.

★

Près du soleil, un caillou spatial nommé Adélaïde tombait depuis des millénaires.

D'un faible albédo, Adélaïde réfléchissait à peine la lumière de son étoile. Une perturbation gravitationnelle l'avait arrachée à sa famille, établie dans un nuage de débris cosmiques, cinq cents siècles plus tôt. Son existence lui semblait cruelle : loin des astres de son type, elle voguait sans but dans le vide interplanétaire.

À quoi pouvait-elle bien servir ?

Elle était jalouse des phénomènes célestes grandioses qui se déployaient autour d'elle. Le scintillement bouleversant d'une étoile mature. Le lent ballet d'une galaxie naine engloutie par une géante. L'explosion d'une supernova en un faisceau d'énergie annihilateur. Le mouvement imperceptible d'une nébuleuse rose et verte.

Qui regardait sa beauté, à elle ?

Adélaïde avait pourtant la conviction de porter en son cœur quelque chose de magnifique. Bien que minuscule à l'échelle cosmique, elle se savait destinée à laisser sa trace dans l'univers.

C'est pourquoi elle n'avait qu'un souhait : être découverte. Or, comme en plus d'être terne elle suivait une orbite excentrique et irrégulière, Adélaïde était pratiquement invisible dans les lunettes des astronomes. Jamais un télescope ne s'était braqué vers les parois poreuses de son corps en perdition.

Elle devait donc se contenter de lancer son vœu vers ces étoiles plus célèbres qu'elle admirait. Et d'attendre sa chance.

★

Même s'il figurait parmi les industriels les plus riches du royaume, John R.T.S. Smithson Sr n'était pas heureux. Sa vie était faite de soucis, d'agressions et d'aliénation. Lorsqu'il marchait dans les rues du centre-ville, il entendait des quolibets chuchotés à son encontre par des gens des classes inférieures. Lorsqu'il se reposait dans la fraîcheur d'un parc du quartier aristocratique, il sentait le regard moqueur des promeneurs et de leurs animaux urbains se poser sur ses habits à la mode. Lorsqu'il faisait du réseautage dans les banquets mondains, il décelait le goût du mépris dans les petites bouchées bourrées d'ingrédients artificiels que lui proposaient les serviteurs.

Au lendemain de son repas avec Maître Glockenspiel, tandis qu'il marchait vers sa plus grande usine de création de richesse, John R.T.S. Smithson Sr fut soudain paralysé par une émotion débilitante.

Sur une place, les membres d'une secte dédiée à l'égalité des humains sciaient les jambes de citoyens trop grands pour recoudre les moignons sur d'autres, trop petits. Dans le ciel, un aéronef au triste vrombissement pétaradant pleurait de fines retombées économiques sur un quartier ouvrier. Devant les vitrines des boutiques, des marchands de personnalités s'égosillaient pour convaincre les passants de changer leur vie, brandissant qui une nouvelle philosophie politique, qui une nouvelle identité sexuelle. À une intersection, une dame âgée, affalée sur la chaussée, se plaignait d'attendre l'ambulance depuis une semaine.

— Maudit Maître Glockenspiel…, gémissait-elle en se frottant la cheville.

Sortant d'une épicerie, des consommateurs portaient sur la tête d'immenses pots de crème glacée, conséquence imprévue de l'interdiction des sacs jetables et de la récente annonce d'une pénurie de lait; plusieurs avaient au front des coulisses colorées.

Le son des scies orthopédiques, l'odeur et le bruit du moteur de l'aéronef, les hurlements des marchands, la misère de la grand-mère, la gloutonnerie des amateurs de glaces : toutes ces choses suscitaient chez John R.T.S. Smithson Sr des émotions désagréables, qui l'empêchaient d'atteindre la plénitude.

L'homme d'affaires se réfugia dans son palais. Les rénovations allaient bon train : dans le hall, des ouvriers collaient déjà au sol les tuiles de rubis. Il fit appeler son marchand de bien-être, qui apparut aussitôt.

— J'ai besoin de chasser une fois pour toutes cette peur qui m'empêche d'être en paix, se plaignit le créateur de richesse.

— Monsieur Smithson Sr, dit le marchand, vous devez comprendre que le monde extérieur ne sera pas toujours gentil... Mais vous avez raison, il faut que cessent ces crises désagréables ! Heureusement, j'ai une solution pour vous. Elle est un peu complexe à mettre en œuvre, mais je crois qu'elle vous plaira.

L'homme s'absenta pendant une heure, puis revint accompagné de deux assistants et d'un gigantesque paquet recouvert d'un drap pourpre.

—Votre remède, annonça-t-il.

Le rideau glissa vers le sol pour révéler une armoire à roulettes. Le marchand actionna un mécanisme et une porte s'ouvrit sur le côté du meuble ; son intérieur était composé de quatre miroirs, polis à la perfection.

— Dorénavant, vous ne sortirez plus jamais du palais sans vous enfermer dans ce coffre. Ces assistants auront pour tâche de vous déplacer dans les rues du royaume.

L'homme d'affaires mit d'abord timidement un pied dans le meuble, puis s'y engouffra. Le marchand ferma la porte et John R.T.S. Smithson Sr se retrouva seul avec son reflet, qui bondissait à l'infini d'un miroir à l'autre.

Pour la première fois depuis des années, il se sentit en sécurité.

★

Lorsqu'il avait besoin d'une oreille attentive à laquelle confier ses états d'âme, Maître Glockenspiel rendait visite à son amie Ursula qui, en plus d'avoir la qualité exquise de ne pas parler, était une artisane hors pair.

Elle était née au fond de la mer, dans une fosse qui n'avait jamais été atteinte par le moindre photon, au sein d'un clan qui se nourrissait en raclant le plancher océanique. On y trouvait une quantité étonnante de nourriture : déchets organiques produits par les goinfres du royaume, plancton fade, vers aveugles et gélatineux... Il y en avait suffisamment pour assurer la survie de toutes les espèces, d'un bout à l'autre de la chaîne alimentaire.

Mais la vie y était froide et terne, et un jour, Ursula en avait eu assez : soit elle quittait cet environnement médiocre, soit elle mourait en essayant. C'est ainsi qu'elle avait entamé sa longue et périlleuse remontée vers la surface de l'océan.

Elle avait nagé pendant des semaines, échappant aux fanaux de baleines dix mille fois plus grosses qu'elle, aux bancs de poissons voraces et aux anguilles électriques sournoises. Elle avait failli, à plusieurs reprises, être croquée par un prédateur, mais n'avait pas abandonné. Enfin, par une nuit de pleine lune, ses efforts furent récompensés : quelques mètres au-dessus de sa tête, elle vit le bouillon des vagues qui s'agitaient sous le vent. Dix coups de nageoires plus tard, elle fendait la surface de la mer et découvrait ce monde sec dont parlaient les contes de son clan des profondeurs.

Épuisée, elle avait dérivé jusqu'à s'échouer sur une plage déserte.

Elle avait alors constaté avec horreur que son corps n'était pas adapté à l'existence atmosphérique. L'oxygène noyait ses branchies et les rayons du soleil fissuraient sa peau. Agonisant sur le sable chaud, ses membranes visqueuses presque fondues, Ursula avait cru venue l'heure de son trépas.

C'est alors que Maître Glockenspiel était apparu dans sa vie.

L'empereur se souvenait encore de l'émotion qui l'avait envahi en apercevant cet être en détresse au cours de sa promenade digestive. Le ciel était d'un dégradé rougeâtre magnifique et un vent froid faisait claquer les vagues sur la plage. Entre deux filets d'algues malodorantes gisait Ursula, dont les yeux globuleux appelaient à l'aide.

Maître Glockenspiel avait immédiatement compris que la créature provenait du fond des mers. Il avait été ému du courage déployé par cette chose sans défense. Plutôt que d'accepter une existence inutile sur le plancher de l'océan, elle avait fourni des efforts gigantesques pour améliorer son sort. Elle avait pris son destin en main, un geste héroïque aux yeux du dirigeant, qui déplorait souvent l'apathie de ses sujets. Elle méritait une vie meilleure.

L'empereur avait ramené Ursula dans son palais pour la plonger d'urgence dans un aquarium d'eau salée. Tous les matins, il avait nourri sa nouvelle amie en déposant au fond de son bocal une poignée de morilles rares et inabordables ; Ursula, qui n'avait jamais rien goûté d'aussi délicieux, avait vite repris des forces.

Maître Glockenspiel avait trouvé en cette créature muette la parfaite confidente. Assis près de son aquarium, il s'épanchait pendant de longues heures, à propos d'intrigues de palais et de manigances politiques, et se lançait souvent dans des monologues grandiloquents sur ses exploits militaires passés. Il couvrait aussi Ursula de compliments, soulignant à quel point il était fier de l'avoir comme amie.

— Si tous mes sujets avaient votre intelligence et votre force de caractère, ils n'auraient plus besoin de moi, lui avait-il dit un jour.

Trop heureuse pour se plaindre, Ursula avait néanmoins fini par se sentir un peu désœuvrée, et à l'étroit dans son bocal. Elle passait ses journées à nager en rond, le regard triste. Maître Glockenspiel avait convoqué le meilleur marchand de personnalités du royaume pour régler le problème. Ce dernier avait ausculté la patiente avant de lui suggérer l'achat d'une personnalité d'artisane de type recluse asociale, que l'empereur avait acquise pour son amie.

Puis, il avait ordonné l'évacuation d'un vieil entrepôt de richesse situé dans les entrailles d'un quartier glauque et l'avait fait transformer en atelier-appartement.

— Le soleil n'y entre jamais, vous y serez à l'aise, avait expliqué Maître Glockenspiel. Vous y travaillerez à votre rythme, sans pression extérieure.

C'est vers cet atelier que l'empereur se dirigeait aujourd'hui. Il traversa seul sans crainte le quartier pauvre du royaume. Armé de son sceptre et auréolé de sa prestance d'empereur, il se sentait en sécurité parmi les vauriens. Il évita tout de même le chemin d'un fou qui avançait en diagonale sur le carrelage noir et blanc d'une ruelle, et scruta attentivement les ombres d'un parc aux arbres morts avant de s'engager sur ses sentiers.

L'empereur parvint enfin à l'atelier, dont la porte en acier trempé était entourée de boulons indestructibles, et tira sur la ficelle d'une clochette. Ursula ouvrit et exprima son bonheur de voir son ami en agitant ses nageoires devant le masque à eau de mer oxygénée qui lui permettait de survivre dans cet environnement mal adapté à son espèce.

Même si, avec les années, elle était devenue une créatrice de richesse célèbre et respectée parmi les aristocrates, Ursula menait une vie austère. Ses possessions personnelles, si on pouvait nommer ainsi les bibelots bringuebalants qui ornaient sa modeste demeure, n'auraient pas fait l'envie du plus pauvre des prolétaires. Quant à ses outils de création, ils se résumaient à peu de chose : un établi visqueux vissé au plancher, des pinces en fer suspendues près de hublots en verre dépoli, des caisses d'épicerie en plastique entassées dans les corridors.

C'est dans cet atelier qu'Ursula transformait la sueur brute expédiée des usines en blocs et en fioles de richesse. Sa démarche artistique singulière avait fait d'elle une créature digne des légendes que se racontent les marins quand leurs navires fendent des mers trop calmes. Dans les encans, les collectionneurs s'arrachaient ses œuvres, qui étaient trop uniques pour être bêtement redistribuées parmi la plèbe comme celles des artisans ordinaires.

Maître Glockenspiel s'assit sur une caisse en plastique, qui protesta en craquant.

— J'ai de graves soucis, se plaignit-il en tapotant son sceptre. Les créateurs de richesse ne sont pas assez productifs pour soutenir la croissance économique, et l'Oracle n'a que de sombres pronostics à offrir. On a tenté d'augmenter la pression sur les ouvriers, mais ils cassent les uns après les autres…

L'empereur fit une moue.

— Et ça ne va pas mieux dans la Fédération. Le règne du Fossoyeur fait fuir les partisans de la classe ouvrière, mais j'ai besoin de lui pour faire passer des mesures impopulaires. L'autre soir, une bagarre a éclaté dans un bar de paumés après son combat sur la construction d'une école primaire… On dirait que les gens ne savent plus débattre selon les règles de l'art.

L'empereur saisit une petite bouteille de verre dans laquelle brillait de la richesse neuve. Il en fixa un instant les éclats mordorés.

— En plus, l'ennemi semble préparer un mauvais coup… Je devrais peut-être me résigner à frapper le premier.

Les yeux globuleux d'Ursula se remplirent de larmes. Elle avait souvent accueilli les plaintes du souverain, mais il ne lui avait jamais paru si désespéré.

— Je suis venu te dire de ne pas t'inquiéter si tu sens que les choses dégénèrent, lâcha enfin Maître Glockenspiel. Malgré les écueils, je garde le contrôle de la situation. Dans l'éventualité de troubles graves, je viendrai personnellement te chercher pour te mettre en sécurité. D'ici là, communique avec moi si tu as besoin de quelque chose. Hisse ton fanion d'urgence et je serai averti.

L'empereur complimenta son amie pour ses plus récentes œuvres, puis quitta l'atelier.

Accrochée au métal du hublot de l'entrée, Ursula le regarda s'éloigner. Elle savait que Maître Glockenspiel n'avait pas voulu lui faire peur, mais elle ne pouvait s'empêcher de frémir à l'idée de devoir quitter son atelier. Elle avait travaillé si fort... Même si une guerre éclatait, il était hors de question qu'elle retourne vivre dans l'océan.

★

Mû par l'humiliation que lui avaient infligée la veille les partisans du Fossoyeur, l'Artiste se leva avec l'intention formelle – «Formelle!» avait-il crié sous la douche – d'écrire le roman le plus magnifique au monde. Il y consacrerait la totalité de ses forces et y mettrait le poids de toute sa détermination, dût-il en mourir.

Bien entendu, l'Artiste savait que les grandes œuvres ne s'écrivent pas d'elles-mêmes. Il avait regardé ces derniers mois des dizaines de documentaires sur la vie des écrivains célèbres. En analysant leurs méthodes de travail, il avait cerné plusieurs aspects fondamentaux de l'écriture artistique.

Le plus important, avait-il compris, était de créer un environnement de travail à la fois fonctionnel et audacieux. Le choix du bureau, de la chaise, des rideaux, de l'éclairage, du papier, de l'encre, de l'encrier, des moulures de la porte, de la couleur des murs, du plafond et du tapis, de la musique d'ambiance et de la température était primordial.

Juste à y penser, l'Artiste fut pris de vertige. Aurait-il la force et le courage d'abattre tout ce travail ?

Il commença sa première journée de labeur en se lançant à l'assaut des brocantes du quartier bohème. Cette séance fut productive : il dénicha vite une chaise en bois massif sculptée par un ébéniste au nom exotique. Le meuble était très cher, mais il s'agissait d'un investissement : une fois le manuscrit publié, il se rembourserait au centuple.

Le choix de la table fut plus ennuyeux. Malgré les recommandations d'un vendeur qui ne connaissait visiblement pas les classiques de la littérature, l'Artiste hésita à casquer pour un meuble en quartz indestructible. Il se demandait s'il était judicieux de choisir un matériau aussi robuste pour poser ses feuilles vierges. Que se passerait-il s'il devait abattre violemment son poing afin d'évacuer sa rage créatrice ? Tous les grands écrivains traversaient ce genre de moments intenses, presque mystiques. Ne risquait-il pas de se briser les os de la main ?

L'Artiste repoussa à plus tard cette décision importante. Il avait assez travaillé. Il décida de célébrer les accomplissements de cette journée.

La silençophonie était le bébé du monde des arts, né du geste de protestation d'un musicien indigent qui, un soir, avait aperçu dans une salle de spectacle la silhouette de Maria-Claudius III, aristocrate au mauvais goût notoire. Révolté, le musicien avait décidé de lui faire un pied de nez magistral. Il était entré en scène, avait salué la foule, s'était assis sur son tabouret, avait saisi sa guitare et n'avait plus bougé. Il s'était contenté de dévisager Maria-Claudius III, espérant provoquer un malaise suffisant pour la faire fuir. Or, persuadée d'assister à une représentation d'art prolétaire avant-gardiste, l'aristocrate était restée assise dans son siège, l'air tout à fait ravi. Une heure vingt minutes plus tard – une durée équivalant à celle de quinze chansons, plus un rappel de quatre minutes trente-trois secondes –, le chanteur avait quitté la scène sans un mot.

Maria-Claudius III avait été si renversée par cette performance audacieuse qu'elle en avait parlé à ses amis riches, qui s'étaient mis à financer d'autres artistes pour qu'ils reproduisent les codes de cet art nouveau.

Bien vite, une bonne partie de la bourgeoisie du royaume s'était laissée séduire par cette mode. La silençophonie avait gagné en popularité parmi les mélomanes provocateurs à tendance exploratoire et les bohèmes cultivés d'inspiration marginale, si bien que les bistros du quartier aristocratique avaient commencé à recevoir les vedettes du mouvement entre leurs murs.

Le genre en était encore à ses balbutiements. Certains musiciens passaient l'entièreté de leur concert à sceller les caisses de son avec du styromousse et de la colle. D'autres se contentaient d'offrir des cache-oreilles de qualité industrielle aux spectateurs. Les plus audacieux ne se présentaient tout simplement pas à leur spectacle.

Ce soir-là, devant l'Artiste qui s'était offert un billet pour se récompenser de son rude labeur, les musiciens étaient assis, immobiles, et regardaient leurs instruments. L'Artiste se demanda un moment si la prestation à laquelle il assistait était géniale ou d'une stupidité abyssale. Or, il vit dans les yeux de ses voisins d'intenses émotions ; il décida donc d'être lui aussi emporté par des sentiments indescriptibles. Il concentra toute son attention sur l'absence de mouvement des cordes, des pistons et des touches, et regarda l'air devant lui.

Au bout d'une heure, une musicienne dont les doigts n'avaient pas même effleuré les touches du piano à queue qui se trouvait devant elle se leva et salua, imitée par ses collègues. Les amateurs applaudirent, quelques verres se levèrent et le concert prit fin.

L'Artiste acheta l'enregistrement de la performance et rentra chez lui, enivré par sa nouvelle passion pour la silençophonie et par les huit cocktails hautement alcoolisés qu'il avait sifflés.

«Cette première journée de création laisse présager de grandes choses», se réjouit-il avant de s'endormir au son du concert.

★

Le lendemain de sa visite chez Ursula, Maître Glockenspiel se rendit avec Xanoto à la Tente de la charité.

— Quand les temps sont durs, le chef doit montrer l'exemple, dit le souverain au serviteur.

Des incidents inquiétants commençaient à survenir dans le royaume. Le refus de construire une école primaire dans le quartier aristocratique avait particulièrement frappé les esprits parmi les prolétaires. La veille encore, un groupe d'ouvriers aux personnalités militantes et contestataires avait même organisé une soirée à micro ouvert pour dénoncer la décision ; l'armée avait toléré la manifestation, mais à la condition que tous les participants aient la bouche couverte de ruban électrique. Les appels à la révolution avaient donc été marmonnés pendant que le buffet froid se desséchait sur une table en plastique recyclé.

Surtout fréquentée par les riches et les puissants, la Tente de la charité était d'un luxe royal. Sa toile était en peau de requin imperméable. Ses pieux étaient sculptés dans les troncs d'arbres millénaires qui avaient été déracinés à des centaines de kilomètres de la ville. Son sol était composé de milliards de grains de sable choisis à la main par les plus grands experts en désertification, selon des critères extrêmement précis de rondeur, de taille et de couleur.

Maître Glockenspiel fut accueilli sous le chapiteau avec les égards dus à un homme de son rang. L'ambiance était survoltée ; debout sur les étals de leurs kiosques, des vendeurs se disputaient l'attention des riches personnalités en criant des formules-chocs et en frappant sur des cloches à vaches :

— Les cumulonimbus sont en voie de disparition, nous avons besoin de votre vapeur !

— Promotion : sauvez trois chatons dans le besoin et nous en aiderons un quatrième gratuitement !

— Notre fondation a le meilleur ratio dons/remerciements du royaume !

Dès que Maître Glockenspiel apparaissait au bout d'une allée, les représentants multipliaient les gesticulations pour attirer son œil.

— Merci, sire, pour votre générosité ! clama le directeur d'un organisme de défense des insectes quinquejambistes, en lui donnant un médaillon frappé du logo d'une mouche blessée.

— Si tous les dirigeants du monde étaient comme vous, la planète serait débarrassée de la famine en cinq minutes ! renchérit une jongleuse qui faisait virevolter un trio de petits sacs-poubelles enflammés – une protestation contre le gaspillage alimentaire, indiquait un écriteau posé près d'elle.

L'empereur repéra des bienfaiteurs dont la mission était d'apprendre à lire aux jeunes analphabètes des quartiers pauvres. Maître Glockenspiel avait jadis été ému par la brochure de dix pages produite par leur fondation. Il se souvenait de leur avoir donné un gros bloc de richesse.

— Comment va la sensibilisation ? s'enquit-il.

— Fort bien ! s'enthousiasma une représentante. Grâce à votre don, nous avons pu produire trois nouvelles brochures et embaucher un auteur célèbre qui pondra un livre de neuf cents pages sur l'importance de la lecture chez les jeunes qui ne savent pas lire.

— Fantastique, fantastique, commenta l'empereur.

— Si je peux me permettre, un nouveau don de votre part nous aiderait à concevoir une quatrième brochure, qui elle-même inciterait de nouveaux donateurs à contribuer…

Maître Glockenspiel réfléchit. Son instinct lui disait qu'il en avait déjà assez fait, mais il eut un moment de faiblesse.

— Xanoto, versez un peu de richesse à cette dame, dit-il.

Le serviteur s'exécuta, puis l'empereur et lui poursuivirent leur chemin vers le rayon des orphelins. Cordés devant les kiosques, les enfants abandonnés semblaient tous plus tristes les uns que les autres. Leur porte-parole invita l'empereur à s'approcher.

— Nous venons de recevoir une nouvelle cargaison de bambins tellement traumatisés, tellement malheureux… Leur histoire vous fera pleurer, c'est garanti, ou nous vous remboursons.

Maître Glockenspiel prit dans ses bras un bébé dont les deux parents étaient morts dans un accident de travail survenu récemment dans une usine de richesse. Il y avait un tel émoi dans ses yeux que le cœur de l'empereur s'emplit de joie à l'idée de le sauver.

Le souverain remarqua toutefois à sa gauche un jeune enfant tout aussi éploré, mais qui en plus avait un œil croche. Il reposa le premier bébé sur son étalage et se dirigea vers l'autre.

— Combien pour un sauvetage permanent ?

Le porte-parole annonça un prix considérable. Maître Glockenspiel négocia un rabais de vingt pour cent, arguant que le jeune avait ses quatre membres, puis paya. Le gamin rangea la richesse dans son baluchon, remercia le donateur et se dirigea vers la sortie.

« Va et apprécie ta nouvelle vie, petit éclopé, songea l'empereur. Il n'y a pas à dire, je suis vraiment un souverain généreux... »

À la demande de Xanoto, le duo s'attarda ensuite dans la section Conscientisation de la Tente de la charité. Il n'y avait rien à vendre. Les représentants y échangeaient plutôt des idées sur les différentes façons de faire avancer leur cause.

On tenait justement un débat sur le thème : « La quête de la Victime éternelle ». Trois panélistes y prenaient part. Assis sur des trônes en topaze, ils racontaient que, selon une légende qui circulait depuis des époques oubliées, il existait, quelque part dans le royaume, un être subissant *toutes* les formes d'injustice connues. Minoritaire et dominée dans chaque composante de chacune des sphères de sa vie (sociale, économique, sexuelle, professionnelle, physique et spirituelle), cette personne – si tant était qu'elle existait – vivait sous la dernière dalle de la pyramide des oppressions.

Choqué par ce discours, un homme qui s'était récemment acheté une personnalité de justicier postbohème de filiation guerrière se mit à courir autour de la section à la recherche de quelqu'un à conscientiser. Il repéra un saxophoniste qui soufflait un air en mineur devant un chapeau où dansaient des fragments de richesse; le guerrier fonça vers le musicien, lui fracassa la mâchoire d'un coup de poing et le regarda s'effondrer de tout son long.

— Désolé de vous interrompre, mais il est temps d'avoir une conversation honnête à propos de la Victime éternelle, sermonna le guerrier en se penchant au-dessus du saxophoniste inconscient. Elle souffre dans l'indifférence depuis trop longtemps.

Malgré la gravité objective du problème, l'homme aux yeux révulsés ne reprit pas connaissance. Le justicier s'en offusqua.

— Oh, je vois que monsieur est trop absorbé par ses privilèges de musicien charitable pour se soucier du sort abject réservé à la Victime éternelle! Monsieur est si parfait qu'il ne fait pas partie du problème! C'est typique: la haine, c'est toujours les autres qui la portent!

La représentante d'une association canine dont les jointures étaient blanchies par la traction des cinq laisses accrochées à son avant-bras interpella le guerrier.

— Ce n'est pas une façon d'aborder les gens, voyons !

Les joues de l'homme s'empourprèrent.

— Ah, ça, c'est la meilleure ! Je dénonce une injustice fondamentale, et vous tentez de me museler en critiquant le ton de ma voix ! Peut-être auriez-vous préféré que je chante une berceuse ou que je récite un poème en alexandrins pour éduquer cet ignorant ? Cessez de me dire comment agir !

Les esprits s'échauffèrent plus encore, et Maître Glockenspiel et Xanoto profitèrent du chahut pour quitter la Tente de la charité sans se faire remarquer.

À l'extérieur, l'empereur s'inquiéta.

— Même les âmes pures et charitables se laissent gagner par la colère... Il faut que l'Oracle redonne confiance à mes sujets, et vite. Sinon, nous nous dirigeons vers une catastrophe.

Chapitre III

Maître Glockenspiel lisait les scénarios du prochain gala de la Fédération de lutte politique quand Xanoto vint lui gâcher sa journée.

— L'ennemi a violé nos frontières, lança le serviteur en brandissant des cartes militaires.

L'empereur bondit sur ses pieds. Xanoto déplia ses cartes.

— Le commandant du secteur de la montagne a relevé des traces de pagaille sur le sommet neigeux. Un soldat a traversé la ligne et mis le pied dans notre royaume.

— Sacrilège ! Cette frontière n'est-elle pas surveillée en permanence ?

— Oui, mais la soldate chargée de cette mission est introuvable. Les généraux croient qu'elle a été tuée ou kidnappée dans l'escarmouche. Ils sont partis à sa recherche.

Xanoto observait son patron qui faisait des allers-retours devant son bureau. Les mains derrière le dos, la silhouette légèrement voûtée, il semblait catastrophé.

La montre à gousset de Maître Glockenspiel glissa de son veston et tomba sur le sol, heureusement sans se briser. L'empereur s'arrêta net.

— Ma montre de poche, Xa.

Xanoto s'accroupit, pinça l'objet avec délicatesse et le rendit à son propriétaire. Le serviteur gardait un souvenir net du jour où son maître lui avait expliqué pourquoi il ne se penchait jamais.

— Je suis comme une vieille branche sèche, Xa, lui avait-il dit. Si je plie trop, je me casse.

Xanoto avait cru qu'il s'agissait d'une image. Mais non : après toutes ces années passées dans son intimité, il ne l'avait jamais vu se pencher plus que de quelques degrés.

Maître Glockenspiel sembla se ressaisir.

— Inutile de paniquer, dit-il. Nous irons ce soir au gala de la Fédération, comme prévu, afin de ne pas inquiéter mes sujets. Mais dites aux généraux de mettre l'armée sur un pied d'alerte. Qu'ils préparent la riposte : nous n'allons pas laisser l'ennemi nous provoquer de la sorte.

*

Après trois jours à endurer un froid polaire, Valentina avait trouvé refuge dans le repli d'une paroi escarpée. L'endroit était lugubre : quelques grappes de lichen tentaient de survivre entre les rochers, et des cailloux tranchants rendaient le sol trop anguleux pour qu'on puisse s'y asseoir confortablement. Mais la grotte avait l'avantage d'être à l'abri du vent, et la superficie des lieux était suffisante pour permettre à deux militaires, avec leur équipement, de ne pas se marcher sur les pieds.

De toute façon, il n'y avait pas d'hôtel avec calorifère et matelas moelleux dans les environs...

Le malheureux fantassin avait repris connaissance par intermittence, le temps d'ouvrir péniblement les lèvres pour laper quelques gouttes à même la gourde tendue par la soldate. Il n'avait pas encore trouvé la force d'ouvrir les yeux ou de prononcer ne serait-ce qu'une seule parole de remerciement.

Valentina ne savait que faire. Pour elle, ce n'était pas nouveau ; elle avait passé une partie de son adolescence d'orpheline à errer, incapable de se choisir une personnalité malgré les remontrances des marchands de bien-être qui avaient, tour à tour, été responsables de son dossier.

— Pourquoi refuses-tu de te décider ? l'avait interrogée l'un de ces spécialistes du comportement. Il y a pourtant de si beaux accessoires dans le rayon des nouveautés ! Tu pourrais commencer par un bandana, ou une breloque accrochée au poignet. Le minimalisme préindustriel d'influence pseudo-bourgeoise est à la mode ce cycle-ci. J'ai entendu dire que le *Guide d'opinions préfabriquées* qui l'accompagne est très facile à mémoriser : il ne fait que cinq pages, tu imagines ! Sinon – et nous ne voulons pas en arriver là – tu seras légalement obligée d'intégrer les rangs de l'armée...

Valentina réfléchissait à cette époque trouble de sa vie lorsque le ciel se dégagea enfin. Le temps était venu de quitter la grotte.

Elle saisit son ennemi par les aisselles et le tira vers la sortie. Épuisée, elle perdit pied en tentant d'enjamber une pierre et, sans le vouloir, elle asséna un coup de botte sur le front du jeune homme inconscient.

— Ouch ! cria le soldat.

Décontenancée, elle saisit sa carabine et se releva en visant son otage.

— Tu étais conscient ?

Il leva les mains en toussant. Il voulut dire un mot, en fut incapable, puis s'étouffa de nouveau. Il retrouva son souffle et reprit :

— De… Depuis… hier soir.

— Et tu n'as rien dit ?

— Je… croyais que… que tu allais me tuer.

« Quelle sottise ! » pensa Valentina. Croyait-il qu'elle avait descendu quatre kilomètres, avec son corps inerte sur les épaules, pour le plaisir de la chose ?

— Je t'ai sauvé la vie, abruti. Comment tu t'appelles ?

Le soldat hésita, comme déchiré entre le désir d'être honnête et la méfiance que lui inspirait sa situation.

— El Diablo.

Valentina réprima un sourire moqueur. Les traits fins de son visage et ses joues dodues lui donnaient davantage l'allure d'un chérubin que d'un démon…

— El Diablo… Bon, OK, si tu le dis. Écoute-moi bien. On va descendre jusque dans la vallée. Nous sommes de mon côté de la frontière, alors tu vas m'obéir.

El Diablo signifia qu'il acceptait. Il se leva péniblement, se frotta la tête, la nuque et les yeux, puis ouvrit la bouche.

— Pourquoi tu… m'as emmené avec toi ?

Valentina détourna la tête et fixa l'horizon. Maintenant qu'elle n'avait plus à jouer à la porteuse, ils pourraient atteindre le village le plus proche d'ici le milieu de la nuit.

— Je n'avais rien de mieux à faire.

Elle sortit de la caverne.

— Allons. En route.

★

Recroquevillé sous les couvertures de son lit, John R.T.S. Smithson Sr maudissait les obstacles qui pourrissaient son existence.

Selon son horaire, il devait sortir de chez lui aujourd'hui pour une rencontre de la plus haute importance avec l'Oracle. Or, une grave blessure menaçait ses plans : la déchirure douloureuse d'une cuticule à la base de l'ongle de son pouce gauche.

« J'avais bien besoin d'un tel drame, pesta Smithson Sr. Comment peut-on exiger d'un homme qu'il vaque à ses occupations alors que son corps subit pareille torture ? Si je veux rencontrer l'Oracle, je devrai me faire violence et arracher ce vilain bout de peau ! Pourquoi le mauvais sort s'acharne-t-il sur moi ? Quand pourrai-je enfin atteindre le bonheur entier et véritable ? »

Il appela ses assistants à la rescousse. Ceux-ci l'extirpèrent du lit, saisirent son pouce blessé et comptèrent jusqu'à cent. Au terme de l'exercice, John R.T.S. Smithson Sr prit une grande inspiration et un assistant tira sur la cuticule. Les battements de son cœur accélérèrent et des perles de sueur apparurent sur sa nuque, mais il traversa cette épreuve avec courage et, au bout d'un moment, se sentit mieux.

—Vite, apportez mon armoire à roulettes avant qu'une autre calamité ne me tombe dessus ! ordonna-t-il.

En sécurité entre les quatre miroirs du meuble, Smithson Sr fut transporté jusqu'à la clôture dorée du balcon de son palais. Les assistants lui décrivirent les environs pour l'assurer qu'aucun danger n'était en vue ; ils durent élever la voix à cause du vacarme des ouvriers, affairés sur le toit à clouer des gouttières en agate.

Devant eux se déployait le quartier aristocratique, une jungle paradisiaque gouvernée par la loi du plus riche. De grosses maisons en pierres poreuses poussaient en courbant leurs poutres de pin vers le soleil, sans se soucier des tranches de lumière volées aux voisins. Des lianes d'ombre attachées aux balcons bourgeois s'étiraient sur les trottoirs en tapis tissés à la main. Irriguées par des ruisseaux de capitaux, des serres exposaient leurs plus beaux chefs-d'œuvre d'art botanique. Des bosquets de richesse scintillante étaient vissés dans le canevas vert et or des parcs aux bancs de platine. Sur les avenues foisonnait une faune de femmes fières et fortunées fanfaronnant devant les yeux pointus de requins souriants qui s'arnaquaient en se serrant la main.

Rassuré, Smithson Sr donna l'ordre d'avancer vers le temple de l'Oracle.

John R.T.S. Smithson Sr appartenait au club des créateurs de richesse. Cela lui évita de devoir patienter dans l'antichambre. Le secrétaire de l'entité le reconnut en effet dès qu'il mit le pied hors de son armoire, et il l'autorisa aussitôt à entrer. Ses assistants ne purent toutefois pas l'accompagner.

Dans son bureau, l'Oracle semblait irrité. Il tourbillonnait sur lui-même et se cognait aux murs comme une mouche prisonnière d'un bocal.

— Soyez averti, monsieur Smithson Sr, tonna l'entité : si vous avez un message de Maître Glockenspiel à me transmettre, vous perdez votre temps. Je ne peux pas prédire un avenir qui n'existe pas.

John R.T.S. Smithson Sr montra ses paumes en signe de paix.

— Jamais il ne me viendrait l'idée de vous contredire, Oracle. Je suis ici en ami. L'empereur me demande d'augmenter ma productivité, mais les ouvriers de mes usines sont déjà pressés au maximum. Plusieurs en sont même morts... Je n'ai plus aucune marge de manœuvre.

— Enfin, quelqu'un fait preuve de lucidité! s'enthousiasma l'Oracle. Votre situation ne m'étonne pas. Maître Glockenspiel s'entête à ignorer mes conseils depuis le début du ralentissement. J'en ai assez de mentir à ses sujets pour camoufler son incompétence! Il devra bientôt vivre avec les conséquences de sa stupidité. Ce sera bien fait pour lui.

Les mains du créateur de richesse se mirent à trembler et sa blessure au pouce gauche redevint douloureuse.

— Vos paroles m'effraient, Oracle...

— Je vais vous confier un secret, monsieur Smithson Sr. En l'honneur de toutes ces belles années que nous avons passées ensemble... Vous méritez de connaître la vérité. Ce matin, j'ai eu une vision.

Le nuage de l'Oracle devint extrêmement sombre et tomba à la hauteur des yeux de l'homme d'affaires.

— J'ai vu le royaume envahi par le chaos, le centre-ville en feu et le quartier industriel rasé... J'ai senti un souffle chaud, un nuage de poussière suffocant... Et j'ai entendu les plaintes de milliers de blessés qui pansaient leurs plaies... L'économie effondrée, mon temple détruit...

Les épaules de John R.T.S. Smithson Sr s'affaissèrent. D'une voix lente, il demanda :

— Ainsi, nous courons à notre perte?

— Je ne suis pas infaillible, mais c'est ce que m'indiquent les augures.

Smithson Sr tenta de garder son calme. Comme tous les aristocrates importants du royaume, il avait dans son jeu une carte cachée. Le moment était venu de l'abattre, bien que les conséquences soient impossibles à prédire — même pour l'Oracle.

— Il faut envisager une solution moins orthodoxe que la persuasion pour éviter que Maître Glockenspiel nous entraîne dans l'abîme, dit-il. J'ai une entente avec quelqu'un d'important qui pourrait nous aider à régler le problème de l'empereur. Je ne croyais jamais avoir à recourir à de tels grenouillages, mais vos visions…

Une brise légère se leva, indiquant que l'Oracle manifestait de l'intérêt.

— Voici ce que vous devrez faire…

John R.T.S. Smithson Sr expliqua son plan d'un trait, sans s'arrêter pour mesurer les risques qu'il prenait. L'Oracle sembla favorable à ces manigances.

— Je veux bien vous aider, dit l'entité. Et si vous croyez que ce geste est nécessaire… J'ai toujours eu beaucoup de respect pour votre connaissance des rouages économiques. J'agirai en conséquence.

L'aristocrate prit congé et ordonna à ses assistants de faire rouler son armoire le plus vite possible.

Une fois dans son palais, il fila jusqu'à sa chambre sans répondre aux ouvriers qui lui quémandaient des directives. Il ouvrit le tiroir de sa table de chevet en bois précieux et y plongea la main. Il tâta un instant son contenu avant de poser le doigt sur un interrupteur, qu'il activa.

Une ampoule blanche à peine plus grosse qu'une luciole se mit à clignoter dans le tiroir. L'industriel regretta aussitôt son geste.

«Voilà, c'est fait. Je viens de signer mon arrêt de mort. Oh! à quoi ai-je bien pu penser?»

Il alla s'enrouler dans ses couvertures sans même enlever sa redingote. Son pouce gauche lui faisait souffrir le martyre. Il passa les douze heures suivantes à combattre une insomnie fiévreuse et paranoïaque.

★

Juste avant d'enfiler complet et nœud papillon, Xanoto Archibal Theophilus remarqua un discret scintillement dans sa table de chevet. Comme une luciole qui se serait égarée.

Le serviteur sourit de satisfaction.

Le petit homme s'exerça à quelques expressions protocolaires devant le miroir, comme il le faisait toujours avant les galas de la Fédération de lutte politique. Les amis de Maître Glockenspiel ne lui adressaient jamais la parole, mais ils exigeaient parfois de lui un sourire ou un clin d'œil complice. Xanoto tira la peau de son visage et constata que des rides commençaient à creuser leur nid aux coins de ses yeux. Il descendit et attendit son patron dans le hall d'entrée.

Maître Glockenspiel quitta sa suite et, prenant son temps, descendit les escaliers d'un pas royal. Son chapeau filiforme noir contrastait avec le bide qui saillait sous sa chemise blanche. Il tenait son sceptre d'empereur le coude haut, et gardait le menton droit pour maintenir son monocle en place. La chaînette argentée de sa montre de poche redirigeait par spasmes l'éclat des lustres du plafond.

Xanoto ouvrit la porte ornée de lourdes boiseries et le duo descendit à pied vers le centre de la ville. Ils longèrent les demeures des aristocrates en échangeant les derniers commérages sur leurs occupants. L'aristocratie n'avait pas encore senti les effets du ralentissement, et de grandes fêtes se devinaient derrière les rideaux des manoirs.

À la limite du quartier, une activité capta l'attention des deux promeneurs : le va-et-vient d'hommes aux biceps gonflés devant une maison ancienne.

La résidence était scellée sous une gigantesque cloche de verre, comme un artefact dans un musée. Maître Glockenspiel fouilla dans sa mémoire pour se rappeler qui pouvait bien vivre ici, mais ne trouva pas ; il s'agissait probablement d'un nouveau riche. Le propriétaire, d'ailleurs, s'énervait en pointant les hommes-biceps, les implorant d'une voix cassée de ne pas tout lui enlever. Ils sortaient effectivement les meubles un par un pour les placer telles les pièces d'un puzzle dans un camion de déménagement.

— Toute ma vie, j'ai joué ces numéros, toute ma vie…, braillait le vieil homme. Non, pas le cendrier en émeraude ! Ayez pitié !

Le malheureux était comme un papillon au milieu d'un ouragan, qui espère raisonner la tempête grâce aux couleurs hypnotiques de ses ailes. Mais le vent, sous la forme de cette armée de déménageurs musclés, continuait d'emporter ses objets.

Xanoto analysa le portrait :

— C'est le perdant de la plus récente loterie inversée. Il a dû faire fortune en participant à tous les tirages... jusqu'à ce que la malchance le rattrape.

Maître Glockenspiel fixait celui qui avait eu le malheur de choisir les mauvais numéros et qui était ainsi condamné à être dépouillé de toutes ses possessions. Ces dernières, d'ailleurs, étaient ridicules pour un individu aspirant à vivre au sein de l'aristocratie. On y reconnaissait des meubles si anciens qu'ils avaient traversé de nombreux cycles, ayant été considérés comme avant-gardistes, à la mode, cliché, dépassés, audacieux, puis de nouveau avant-gardistes, à la mode et cliché. Empilés dans le camion, ils devenaient tout simplement tristes.

La dernière pièce du casse-tête mise en place, les hommes-biceps s'accordèrent un instant de repos, persistant à ignorer les doléances de l'infortuné. Dans quelques minutes, ils videraient leur camion dans un centre de redistribution de richesse. Le patrimoine du perdant y serait dissous dans une préparation chimique composée de sueur acide et de solvants ; la bouillie résultante serait ensuite filtrée, condensée et sculptée en blocs de richesse par des artisans spécialisés, avant d'être redistribuée à parts égales entre les autres parieurs.

Juste avant de reprendre son chemin avec Xanoto, Maître Glockenspiel s'approcha de l'un des hommes-biceps et lui glissa une phrase dans le creux de l'oreille. Ce dernier regarda autour de lui, acquiesça et fit une révérence pour remercier l'empereur.

— Ils avaient oublié quelque chose, expliqua Maître Glockenspiel à son serviteur.

On entendit soudain un bruit de vitre qui se fracasse. Les pleurs de l'homme retentirent comme les hurlements d'un loup blessé. La cloche de verre qui scellait sa maison s'effondra, anéantissant le peu d'honneur qu'il lui restait.

L'homme-biceps à qui Maître Glockenspiel avait parlé brandit une pièce métallique comme s'il s'agissait d'un trophée de chasse : c'était la valve qui maintenait en place la cloche de protection. Les compagnons de l'ouvrier le félicitèrent et dansèrent sur les éclats de verre pour célébrer leur bon travail.

Xanoto et Maître Glockenspiel arrivèrent à l'amphithéâtre juste à temps pour le début du gala.

★

Quelques heures après le dernier combat de la soirée, une fois dans son lit, Xanoto compta dix mille secondes pour être sûr que l'empereur dormait profondément. Puis, il passa à l'action.

Il posa le pied sur le plancher de bois froid en priant qu'aucun craquement ne se fasse entendre. C'était là une inquiétude bien ridicule : Maître Glockenspiel ronflait comme une baleine qui souffle l'eau de son évent. Le serviteur resta néanmoins sur ses gardes lorsqu'il attacha les lacets de ses bottes, tourna le loquet de sa fenêtre et s'élança sur la corniche du dernier étage.

S'il devait prendre de telles précautions, c'est que personne – pas même le plus insignifiant des messagers – ne devait savoir qu'il avait quitté le domaine royal en pleine nuit. Sa mission était trop importante pour être connue de quiconque.

Xanoto atterrit au prix d'éraflures aux mains. Il traversa la pelouse de la cour arrière, sauta la clôture de pierre blanche et disparut dans la nuit.

Le centre-ville était presque désert à cette heure tardive. Un couple éméché dérivait entre les saillies des trottoirs, leurs mains ancrées l'une dans l'autre pour éviter de tanguer jusqu'au haut-le-cœur. Un fakir lisait l'avenir dans les tessons d'une bouteille éclatée. Une dame coiffée d'un fichu fuchsia attendait, seule, devant la boutique d'un marchand de personnalités artisanal, grillant de petites cigarettes en énumérant à voix basse les vêtements qu'elle achèterait le matin venu. De petites chandelles englobées étaient suspendues aux réverbères vert forêt, leur lumière dessinant des ombres fragiles sur la chaussée. La marquise de l'amphithéâtre annonçait le prochain combat de la Fédération ; ses lettres colorées et stroboscopiques se reflétaient dans les vitrines vides des magasins fermés.

Le cou rentré dans les épaules, Xanoto se hâta pour éviter d'être reconnu. Sa notoriété était modeste au-delà des cercles aristocratiques, mais il valait mieux ne prendre aucun risque.

Le serviteur emprunta une série de ruelles et aperçut enfin le manoir qu'il cherchait : celui de John R.T.S. Smithson Sr. Il passa par l'arrière et attendit, comme prévu. Il se trouvait près d'une armoire étrangement posée là, le long de la clôture.

— Psstt! fit l'industriel. Je suis ici, à l'intérieur du meuble.

Xanoto ne prit pas le temps de le questionner sur sa cachette. Il se pencha vers le battant fermé.

— Vous avez activé le signal?

— Au retour d'une visite chez l'Oracle, oui. La situation est plus grave que je ne le croyais.

— Que vous a-t-il dit?

Xanoto commençait à être véritablement nerveux. John R.T.S. Smithson Sr soupira longuement.

— Il voit une catastrophe. Le royaume à feu et à sang. Le centre-ville en miettes, des… des morts… Vous imaginez? J'en ai encore des frissons.

— Nous devons mettre notre plan à exécution.

— C'est ce que je crois aussi. Oh! si seulement nous pouvions avoir une autre solution… N'est-il pas risqué de…

— Pas le choix, le coupa Xanoto. Nous avons peut-être déjà trop attendu.

— Alors, cela veut dire que… J'ose à peine prononcer les mots.

Xanoto baissa la voix. Il se trouvait ridicule de discuter avec une armoire.

— Oui, monsieur Smithson Sr. Donnez le feu vert à votre ami. Nous allons renverser Maître Glockenspiel.

★

La descente fut plus pénible que prévu en raison des gestes lents et maladroits d'El Diablo, mais Valentina et lui atteignirent la base de la montagne avant le coucher du soleil. Un labyrinthe d'arbres aux branches gigantesques se dressait maintenant devant eux.

La soldate prit la direction d'un secteur de la forêt qu'elle connaissait très bien, même si elle n'y avait pas mis les pieds depuis des années. Elle croyait pouvoir l'atteindre en deux jours ; une fois sur place, elle prendrait le temps de penser sérieusement à la suite des choses. L'important, pour l'instant, était de ne pas être repérés.

Ils longèrent une rivière jusqu'à aboutir à l'extrémité d'une éclaircie artificielle. À quelques dizaines de mètres se dressait une grange ancienne aux plafonds fatigués. Valentina décréta qu'ils s'y reposeraient avant de reprendre leur chemin le lendemain matin.

La soldate choisit le coin le moins froid pour s'y faire un lit de paille. El Diablo fut relégué au box nauséabond d'un cheval absent. Il accepta son sort et, possiblement en raison de l'étrange maladie qui lui avait fait perdre pied au sommet de la montagne, sombra dans un sommeil digne d'une princesse ensorcelée en attente d'un baiser.

Le silence de la nuit n'était perturbé que par le coassement incessant d'un ouaouaron. Valentina tenta de combattre les éructations du batracien en s'emmurant dans ses pensées.

Elle rejoua sans le vouloir – et pour la millionième fois – la scène de ses adieux à sa mère, des années plus tôt. Elle se voyait dans la chambre d'hôpital, entendait le murmure des marchands de bien-être qui s'agitaient au chevet des malades, sentait l'odeur des infections. Aucune restriction alimentaire, aucun cristal, aucune jupe à la mode n'avait pu sauver sa mère. Inconsciente depuis des jours, elle se dirigeait vers la mort.

Valentina sentit de nouveau le corps chaud et gigotant de son petit frère entre ses bras. Elle revécut l'exaspération qu'elle avait éprouvée en comprenant qu'il ne se souviendrait pas de leur mère. Elle pensait aux gestes qu'elle avait faits pour poser le bébé entre les bras à demi morts de sa génitrice, puis revoyait la crise de larmes du bambin qui n'avait ni assez bu ni assez dormi, et qui ne pouvait évidemment pas saisir le caractère sacré de ce moment. Il chignait, tapait des pieds, secouait la tête. Il dérangeait les marchands et les autres malades.

Ainsi, les adieux de Valentina et de son petit frère à leur mère avaient duré deux minutes quatorze secondes.

Mais en cette nuit colonisée par le coassement d'un ouaouaron, la soldate en fuite les revoyait en boucle, comme un long film.

Malgré la fatigue, Valentina était donc incapable de s'endormir.

Au bout d'un moment, la soldate en eut assez. Elle sortit de son lit de paille et agrippa le canon de sa carabine, la soulevant au-dessus de son épaule. Elle repéra le ouaouaron et s'avança sans bruit. Puis, crispant tous les muscles de ses bras, elle laissa choir la crosse sur la tête de l'animal, qui explosa en silence.

Valentina essuya une goutte de liquide sous sa paupière — bouillie d'amphibien ou larmes nostalgiques, elle n'aurait su le dire. Comme une rivière à la fin de l'automne, elle s'immobilisa dans son lit et s'endormit enfin.

★

Tyler n'avait pas mangé depuis deux jours et la faim lui brûlait l'estomac. Il poursuivait sa marche, parcourant trois kilomètres, puis se reposant trois heures, en alternance. Il arrivait qu'un passant — toujours des prolétaires — lui lance un bout de pain ou, plus rarement, un fragment de richesse. Alors il se gavait et trouvait la force de continuer son périple.

Il se trouvait maintenant dans le cœur du royaume, au centre-ville. Des immeubles hauts et menaçants comme des dinosaures obombraient des boutiques de personnalités si luxueuses qu'il lui en aurait coûté deux années de salaire rien que pour feuilleter leurs catalogues.

Tyler ne savait pas si c'était la norme, mais les rues de la cité étaient agitées en ce début de soirée. Des convois militaires filaient en trombe en direction de la frontière. Des manifestants creusaient des tranchées devant un centre de redistribution et tapissaient le parc adjacent de mines antipersonnel. Des centaines de partisans au visage maquillé sortaient en criant d'un amphithéâtre dont la façade extérieure annonçait un important combat de la Fédération.

L'ancien ouvrier observait cette étrange faune de guerriers amateurs – il avait toujours admiré les lutteurs politiques, même si lui-même n'avait jamais eu de convictions assez enracinées pour devenir un militant en bonne et due forme – lorsqu'il remarqua une silhouette familière qui attirait tous les regards et chuchotements.

Maître Glockenspiel.

Tyler se figea sous les néons. L'empereur, le plus riche des aristocrates, le plus fin des gastronomes, le plus puissant des collectionneurs d'armes atomiques, se trouvait à vingt mètres de lui.

Des émotions contradictoires le happèrent. Maître Glockenspiel était d'abord le vaillant souverain qui avait toujours protégé ses sujets des assauts de l'ennemi, celui qui avait éradiqué les empires criminels et les groupes terroristes jadis si menaçants… Mais il était également un dirigeant avare et autoritaire, dont l'obsession pour la création de richesse avait – indirectement, du moins – causé la mort de centaines d'ouvriers. Par la faute de Maître Glockenspiel, les usines tuaient comme jamais auparavant. Mais sans lui, il n'y aurait pas d'usines du tout.

Tyler en était à ces réflexions lorsque survint un événement anodin qui, dans le grand ordre des choses, allait néanmoins tout chambouler : un objet glissa de la poche du veston de Maître Glockenspiel et s'écrasa sur le sol dans un cliquetis sec.

Tyler bondit vers l'objet, évitant de justesse une dame âgée à la cheville blessée qui se plaignait d'attendre l'ambulance depuis deux semaines. Il cueillit la montre à gousset et leva des yeux soumis vers l'empereur.

— Maître, Maître... vous avez fait tomber ceci.

Maître Glockenspiel s'arrêta et pivota en portant la main droite à la hauteur de son cœur.

— Comme c'est aimable ! siffla-t-il en camouflant maladroitement son exaspération. Heureusement qu'il y a des gens comme vous, sans quoi j'en serais réduit à embaucher un serviteur dont le rôle serait de prévenir ce genre de situation embarrassante. N'est-ce pas, Xanoto ?

Maître Glockenspiel décocha un regard méprisant à ce dernier, puis reprit sa montre.

—Votre nom ?

Tyler se nomma. L'empereur donna de petits coups de sceptre sur les jambes du vagabond.

— Votre carrure est impressionnante. Mais vous m'avez l'air désœuvré… Avez-vous déjà songé à combattre au sein de la Fédération de lutte politique ?

Tyler voulut parler de sa longue randonnée, mais l'empereur ne lui en laissa pas le temps.

— Je cherche du sang neuf pour mon bassin de combattants. Une course d'hyperformance aura lieu dans trois jours au centre-ville, le gagnant aura droit à un combat d'essai. Je vous encourage vivement à y participer. Avec cette charpente et ces muscles, vous pourriez faire bonne figure.

Sans ajouter un mot, Maître Glockenspiel reprit son chemin, ignorant les regards curieux des passants.

Incrédule, Tyler retourna sous les néons de l'amphithéâtre. Il observa sur la marquise les visages effrayants, théâtraux et lumineux des vedettes de la Fédération.

En acceptant la proposition de l'empereur, il redeviendrait un rouage du système qu'il fuyait. Mais en refusant, il laisserait passer la chance de se battre pour le bien-être de ses concitoyens… et de ne plus avoir faim. Tyler fixa à nouveau la marquise. Sa décision était prise.

Chapitre IV

Deux semaines s'étaient écoulées. Le travail de l'Artiste allait rondement : sa pièce d'écriture, presque terminée, embaumait la littérature.

Il avait accroché aux murs des portraits d'écrivains inspirants, en plus de toiles monochromes. Un tourne-disque antique posé dans un coin distillait de la musique classique ; ce n'était pas particulièrement dans les goûts de l'Artiste, qui préférait la silençophonie, mais il avait lu quelque part que tous les grands auteurs accompagnaient leurs journées des notes des grands compositeurs d'antan. Il avait finalement acheté la table en quartz indestructible, contre laquelle il s'était fracassé le petit orteil à cinq reprises déjà.

Ces efforts ne lui avaient toutefois guère laissé de temps pour écrire. Il se disait souvent, alors qu'il avait les bras plongés dans le bac à vieilleries d'un antiquaire, qu'il allait s'y mettre le soir même. Mais il était toujours trop épuisé pour s'exécuter.

Il lui arrivait parfois d'emprisonner sa plume entre ses doigts quelques secondes, pour en libérer deux ou trois lettres, mais il se sentait enchaîné par les attentes de ses futurs lecteurs. Pouvait-il en être autrement ?

Des millions de gens allaient acheter son livre, et la plupart en verraient leur vie chamboulée. Son manuscrit serait analysé dans les universités pendant des années, des décennies, des siècles. Comment un homme était-il censé créer en subissant pareille pression ?

C'est en suivant le cheminement de cette question que l'Artiste se heurta à un nouvel obstacle : les réponses qu'il faudrait offrir aux critiques professionnels.

Quels thèmes universels avait-il voulu insuffler à son œuvre ? Comment avait-il réussi à atteindre un tel niveau de conscience ? Quelle était la bonne interprétation, parmi les centaines qui circulaient dans les milieux académiques ? N'y avait-il pas un risque qu'il ne puisse plus jamais écrire quoi que ce soit d'aussi transcendant ?

L'Artiste consacra plusieurs jours à élaborer des réponses : « Je n'aime pas réfléchir à la place du lecteur, mais je dirais : la vie, la souffrance humaine et la beauté de l'Univers, même si c'est réducteur. » « C'est un secret, autant pour vous que pour moi. » « J'ai l'intime conviction d'avoir fait vibrer une corde particulière de la psyché humaine, mais je laisse à chacun le loisir de trouver la signification qui lui convient. » « Le véritable auteur est un combattant qui ne recule devant aucun danger pour accomplir sa mission. »

Insatisfait, il contemplait les feuilles vierges sur son bureau en attendant de se sentir inspiré. Il broyait du noir dans sa pièce lumineuse, affligé par ce syndrome de la page blanche heureusement si commun chez les grands écrivains.

C'est dans ce contexte que s'installa chez lui une habitude commune à tous les génies qu'il admirait : l'ouverture de l'esprit par les drogues dures.

La première fois qu'il entreprit de traquer l'inspiration dans la forêt magique des hallucinogènes, l'Artiste fut ému. Voilà qu'il réalisait enfin ce pour quoi il était né, qu'il accomplissait le suprême objectif de cette personnalité achetée des années plus tôt, au plus fort du cycle protobohémien.

Étendu sur le plancher de son bureau, en proie aux distorsions sensorielles les plus violentes, il se sentait si près de ses auteurs fétiches qu'il aurait juré sentir leur présence dans la pièce.

★

Des cris aigus traversèrent les murs pourris de la vieille grange. Valentina bondit de son lit de paille en saisissant sa carabine, prête à refaire le coup du ouaouaron.

Elle comprit vite qu'elle ne courait aucun danger : la voix appartenait à un enfant qui, à en juger par son exaspération croissante, semblait avoir perdu quelque chose de précieux.

Valentina s'approcha du corps endormi d'El Diablo. Malgré le froid, cet idiot avait retiré tous ses vêtements à l'exception d'un justaucorps ridicule et de gros bas de laine, comme s'il était un vacancier dans un hôtel tout inclus. Elle lui donna un petit coup de pied dans les côtes. Le jeune homme sursauta et ouvrit les yeux en grognant. Valentina l'intima de se préparer à partir.

Ils rassemblaient leur équipement en silence lorsqu'un petit garçon apparut à la porte de la grange. Il y eut un instant de flottement. L'enfant fixa El Diablo, puis Valentina, et remarqua les carabines dans leur dos. Il eut un hoquet de surprise et s'enfuit en appelant sa mère.

Valentina se retint de lâcher un juron. Elle était repérée ! Il ne lui restait sans doute que quelques minutes avant que l'armée ne soit prévenue. Elle s'assura qu'El Diablo n'avait rien oublié, puis ils foncèrent vers la porte.

Leur fuite fut stoppée dès qu'ils mirent un pied à l'extérieur. Devant eux se dressait une femme aux cheveux hirsutes qui les jaugeait, les poings sur les hanches. Elle avait dans le regard un mélange d'incrédulité et de bienveillance ; Valentina ne parvenait pas à déchiffrer ses intentions. L'enfant criard était agrippé à sa jambe gauche comme un paresseux à sa branche.

— Est-ce que la guerre a été déclarée cette nuit ? s'enquit la femme en pointant l'arme de Valentina.

La soldate étudia ses options. Elle pouvait dire la vérité (risqué), inventer un récit rocambolesque (douteux), simuler une perte de conscience (idiot) ou prendre la fuite en abandonnant El Diablo à son sort (satisfaisant, mais lâche).

Elle opta pour le mensonge.

— Nous sommes des gardes-chasse, nous avons été attaqués par une meute de braconniers armés de lance-glace. Ils ont gravement blessé mon pauvre collègue, qui a perdu la raison après s'être pris une rafale de balles de neige sur le crâne. Regardez ses yeux vides… Il a besoin de consulter un marchand de bien-être.

El Diablo eut la présence d'esprit de ne pas contredire ce récit loufoque. La dame aux cheveux hérissés eut un sourire de compassion.

— Vos uniformes racontent une autre histoire, répondit-elle. Soyez sans crainte, vous pouvez me dire la vérité. Je crois déjà la connaître, d'ailleurs : vous êtes ici pour rencontrer Rufus Z. ?

Rassurée par le calme de son interlocutrice, Valentina abandonna les subterfuges.

— Je ne sais pas qui est Rufus Z… Je m'appelle Valentina, et lui, c'est El Diablo. Nous avons déserté nos armées respectives et sommes en route vers l'ancien village de la forêt. J'espère que notre présence ne vous cause pas d'ennuis.

— Pas du tout, assura la femme. Au contraire, mon père sera ravi de vous accueillir. Venez, vous devez être affamés. Vous me raconterez votre histoire devant un bol de soupe chaude.

El Diablo et Valentina échangèrent un regard incrédule. Avaient-ils vraiment cette chance ? La femme fourra les mains dans les cheveux du jeune garçon.

— J'espère que vous pardonnerez à Antonio de vous avoir réveillés. Il cherche son ouaouaron de compagnie, il ne l'a pas vu depuis hier soir… Il passe souvent la nuit dans la grange. Est-ce que vous l'auriez aperçu ?

*

— J'ai compris que j'avais réussi ma carrière de penseur lorsque tout le monde a cessé d'accorder de l'importance à mes idées.

Même s'il était vieux et faible, Rufus Z. avait toujours le sens de la formule.

Sa peau plissée et parsemée de taches noirâtres ne portait pas les stigmates de celle des ouvriers qui se font presser chaque jour dans les usines. Mais son cerveau était abîmé par des années de songes philosophiques et de déductions intellectuelles. Les prolétaires se cassaient les chevilles dans les machines des créateurs de richesse ; lui s'était cassé la tête à force de crayonner sur les tableaux des universités.

Avant sa retraite, il avait été professeur d'éthique, avait-il expliqué à Valentina et El Diablo (ce dernier n'écoutant que d'une oreille distraite, on pouvait estimer que la discussion se déroulait entre la soldate et le vieil homme). À l'époque, des étudiants dépensaient des sommes colossales pour l'entendre répéter ce qu'il avait lu dans les livres des autres.

— C'est pendant un cours que j'ai su que j'y étais enfin parvenu. Mes élèves étaient comme votre ami, présents physiquement, mais distraits, voire endormis.

Je parlais devant la classe depuis cinquante minutes quand ça m'a frappé : je ne m'adressais qu'à moi-même.

Rufus Z. prit une gorgée d'eau – il ne buvait et ne mangeait rien qui soit à la mode, avait-il expliqué – et enchaîna sur les répercussions qu'avait eues cette prise de conscience quasi mystique.

— J'étais parvenu au sommet de la montagne. Seul sur la cime du monde, je parlais aux nuages sans agir dans la vie réelle.

Valentina n'aimait pas particulièrement les images dont le vieux professeur abusait, mais son propos l'intéressait.

— Je me suis alors posé un tas de questions, dont celle-ci, la plus importante : « Et maintenant, que faire ? »

Rufus Z. s'avança sur sa chaise. Dehors, Antonio appelait toujours son ouaouaron à grands cris.

— Que pouvais-je bien faire, maintenant que j'étais perché sur la plus haute corniche, sans aucune nouvelle paroi à escalader ? J'ai pensé me lancer en bas, pour en finir. C'était la solution logique, puisque tout ce qui monte redescend.

El Diablo, dont le contour des lèvres était taché par des croûtes de soupe séchée, s'endormit et se mit à ronfler. Rufus Z. n'y prêta pas attention.

— J'ai fini par comprendre que ma quête était inachevée. Je devais redescendre, non pas en sautant pour me briser le cou, mais avec prudence, un pas à la fois. Revenu au pied de la montagne, j'ai mis mon savoir à profit et j'ai crié pour me faire entendre.

Valentina fixait son interlocuteur de si près qu'elle ne voyait plus rien d'autre. Rufus Z. s'emporta.

— Ce monde n'a pas de sens, Valentina ! Je le voyais bien, du haut de ma montagne ! Les gens faisaient la queue devant les boutiques de personnalités, devant les guichets de la Fédération, devant les barbelés de la frontière, devant les usines de création de richesse, devant les bars, les gourous, le temple de l'Oracle. Des files partout, de vraies files, des files métaphoriques, physiques, intellectuelles, rien que des files !

Rufus Z. se tapa les cuisses d'un geste un peu trop théâtral au goût de la soldate.

— Les gens sont las, mais ils n'ont pas d'autre choix ! Alors ils restent dans le rang et attendent que leur tour vienne !

Valentina hésitait quant au mérite à donner à ce discours. Assistait-elle au délire d'un homme que l'âge avait fini par rattraper ? Ou était-ce plutôt là un monologue chargé de vérité, tellement réel qu'elle avait de la difficulté à y croire ?

— J'ai décidé de combattre ces files, Valentina. De les faire... disparaître.

Il marqua une pause, puis reprit son homélie.

— Tu n'es pas apparue ici par hasard. Même lui (il pointa un filet de bave qui coulait sur le menton d'El Diablo), il a un rôle à jouer dans mon histoire.

Rufus Z. plongea la main droite dans la poche intérieure de son vieux veston. Il en extirpa une minuscule ampoule blanche qui brillait comme une luciole et la déposa sur la table.

— J'ai reçu il y a quelques jours un message de deux amis, John R.T.S. Smithson Sr, un créateur de richesse, et Xanoto Archibal Theophilus, le serviteur personnel de l'empereur… Nous nous sommes rencontrés il y a des années dans un bal caritatif à la Tente de la charité. Je venais de descendre de ma montagne et je prêchais dans l'indifférence…

Les yeux de Rufus Z. se perdirent dans un moment de nostalgie.

— Monsieur Smithson Sr et Xanoto, eux, ont écouté ce que j'avais à dire. Ils semblaient particulièrement interpellés par ma thèse sur la rébellion moralement acceptable. C'est une philosophie que j'ai développée selon laquelle certains crimes, certains maux sont nécessaires. Prends l'exemple d'un vaccin : sur le coup, la piqûre est douloureuse et le sérum affole le système immunitaire. Mais à long terme, il est bénéfique pour le patient.

Il planta ses yeux dans ceux de Valentina.

— Voilà où je veux en venir : le royaume est gravement malade. Par son incompétence, Maître Glockenspiel l'entraîne vers une mort certaine. Mes amis, qui côtoient l'empereur, ont posé le même diagnostic que moi. C'est pourquoi, suivant mes conseils, ils ont décidé d'agir. Oui, Valentina, tu l'as deviné, nous parlons d'un coup d'État, d'un vrai coup d'État !

Rufus Z. se pencha vers l'avant pour chuchoter.

— J'étais en train d'élaborer différents scénarios pour provoquer un soulèvement populaire lorsque vous êtes apparus dans ma grange. Deux soldats en armes. Deux soldats en fuite. Deux soldats qui n'ont rien à perdre. Une aide providentielle, inespérée…

El Diablo, toujours au pays des rêves, marmonna quelques paroles incongrues. Rufus Z. conclut son laïus :

— Ensemble, Valentina, nous pouvons frapper Maître Glockenspiel là où ça fait mal. Et guérir le royaume de sa folie.

★

Maître Glockenspiel assista à l'épreuve d'hyperformance qui allait désigner la nouvelle recrue de la Fédération de lutte politique.

Des disciples de ce sport extrême à la mode se réunissaient dans un parc du centre-ville. Ce jour-là, comme souvent, ils s'extasièrent en découvrant les différents obstacles du parcours : des clôtures de barbelés, une piscine d'acide sulfurique bouillonnante, une rivière de lave orange, des lions affamés aux crocs luisants, des câbles électriques à haute tension, des chevaliers agressifs brandissant des lances rouillées du haut de leurs destriers, un régiment d'artillerie lourde prêt à faire feu, et une flaque de boue.

Maître Glockenspiel fut ravi d'apercevoir parmi les athlètes la silhouette de Tyler. Le cran de cet homme l'avait impressionné : il fallait en effet beaucoup de courage pour interpeller l'empereur du royaume sans autorisation. Bien des prolétaires auraient été trop intimidés…

Le gourou de l'hyperformance siffla trois fois et rassembla ses ouailles devant la ligne de départ. Il entama un mantra censé allumer la flamme du courage dans le cœur des participants.

— Dans la douleur naît la gloire !

La majorité des athlètes suivait les principes de la « diète Big Bang ». Ce régime alimentaire reposait sur la théorie selon laquelle l'être humain n'était pas adapté à la consommation de nourriture moderne ; ses adeptes ne mangeaient donc que des éléments nés pendant les premières secondes du Big Bang, soit des atomes d'hydrogène, des photons et des gaz transformés en plasma.

— Nourrissez-vous de la soupe cosmique ! répétait le gourou.

Un coup de canon marqua le début de la course. Le boulet fila avec toute sa force cinétique jusqu'à la ligne de départ, arrachant les jambes de nombreux participants qui applaudirent aussitôt cette idée géniale.

— Pas de victoire sans souffrance ! crièrent-ils en s'élançant sur leurs moignons sanguinolents.

L'épreuve se déroula à merveille : les coureurs furent lacérés, brûlés, liquéfiés, mordus, électrocutés, transpercés, déchiquetés et salis tel que prévu.

Quelques minutes après la fin de la course, le gourou siffla de nouveau à trois reprises et annonça le nom du vainqueur.

— J'inviterais monsieur Tyler à me rejoindre à l'avant! cria-t-il sous les applaudissements.

Maître Glockenspiel fut enchanté de ce dénouement. Son instinct l'avait encore une fois bien servi. L'empereur prit quelques minutes pour aller féliciter son gagnant.

— Je me doutais bien que vos muscles ne feraient qu'une bouchée de ces disciples prétentieux.

— J'ai longtemps travaillé dans les pressoirs d'une usine de création de richesse, répondit Tyler.

— Je ne suis pas surpris de l'apprendre. Présentez-vous à la boutique de personnalités de Mimi quand vous serez bien reposé, elle vous préparera en vue de votre premier combat à la Fédération. Encore une fois, bravo!

Maître Glockenspiel salua Tyler et reprit sa route vers le palais.

*

Dès que l'empereur fut de retour, Xanoto se précipita vers lui, s'efforçant d'afficher un air préoccupé même s'il jubilait secrètement.

— Nous avons encore un problème, annonça-t-il.

— Je sais, Xa, nos enquêteurs n'ont pas retrouvé notre soldate et l'ennemi nous accuse d'avoir kidnappé l'un de ses combattants. C'est grotesque.

— Non, c'est bien pire : l'Oracle a disparu.

L'empereur blêmit.

— Disparu ? Mais… où est-il ?

Xanoto ne releva pas l'absurdité de la question.

— Les premiers aristocrates à se présenter au temple ce matin ont attendu une heure devant la porte de l'antichambre. À bout de patience, ils ont forcé les gonds et découvert les bureaux vides. Aucun message, aucun signe de lutte. L'Oracle s'est tout simplement… volatilisé.

Maître Glockenspiel parut sonné.

— J'en prends bonne note, Xa. Merci.

Le serviteur attendit que des ordres lui soient donnés – lancer une enquête, avertir les aristocrates du Conseil d'administration, organiser d'urgence une réunion avec le gérant de la Fédération –, mais rien. On aurait dit qu'un vent de résignation venait d'éteindre la hargne qui avait jusque-là brûlé en Maître Glockenspiel. Xanoto fit une brève révérence et laissa son patron à ses préoccupations.

Seul dans le corridor, il réprima un sourire. Son plan se déroulait à la perfection.

De son côté, l'empereur sentit monter en lui une dangereuse inquiétude. Pour se calmer, il ouvrit la porte de la gigantesque pièce métallique qui renfermait sa collection d'armes atomiques. Les engins étaient classés sur des tablettes, en ordre de puissance. La plus petite avait le volume d'une tête humaine ; la plus grosse, imposante comme une baleine, était accrochée au mur du fond.

Maître Glockenspiel fixa un long moment Klaria, sa bombe préférée. Elle se situait dans la moyenne de ses consœurs en termes de potentiel de destruction ; c'est plutôt son mode de fonctionnement qui fascinait l'empereur.

Avant d'exploser en un champignon atomique, le cœur de Klaria devait d'abord imploser. C'est cette pression interne qui permettait à la substance radioactive d'atteindre la masse critique essentielle à sa détonation. L'arme devait donc se suicider pour accomplir son sinistre dessein. Ensuite, tout ce qui se trouvait dans un rayon de vingt kilomètres était vaporisé en une fraction de seconde, laissant un canevas géographique vierge sur lequel les survivants, s'il y en avait, pouvaient peindre un nouveau monde.

Tout effacer pour tout recommencer. L'allégorie n'échappait pas à Maître Glockenspiel.

*

Une fois ses plaies pansées – les chevaliers s'étaient acharnés sur ses côtes –, Tyler rendit visite à Mimi, la boutiquière suggérée par l'empereur.

Il se sentit intimidé en entrant dans le commerce : il n'avait acheté qu'une seule personnalité depuis sa naissance, et l'opération avait été expédiée en trois minutes dans le chariot d'un vendeur itinérant.

Heureusement, son nouveau statut de lutteur le dispensa de faire la file à l'extérieur, avec les bourgeois.

Mimi se spécialisait dans les personnalités luxueuses faites sur mesure. Elle honnissait les kits bas de gamme vendus aux prolétaires. Ses équipements étaient du dernier cri : sur de gigantesques écrans tactiles se succédaient des traits émotionnels exclusifs, des *Guides d'opinions préfabriquées* hors de prix, des œuvres d'art de goût et des vêtements uniques. Les employés manipulaient ces caractéristiques au gré des demandes des clients, modelant une personnalité provisoire jusqu'à obtenir leur pleine satisfaction.

Mimi, une dame au style exubérant, accueillit Tyler en avisant sa salopette tachée d'huile.

— Je n'étais pas née la dernière fois que le style « ouvrier viril de type ténébreux » a été à la mode, se moqua-t-elle. Nous avons beaucoup de travail devant nous.

La Fédération avait proposé à la commerçante de concocter une personnalité forte à Tyler. Il lui fallait quelque chose qui soit hors du commun. Mimi sortit un catalogue d'un tiroir de bureau et le feuilleta.

— Comme tu seras affilié au Clan de gauche, tu plairas surtout aux prolétaires, alors nous commencerons par un costume qui imite les vêtements de basse qualité confectionnés en série à partir de matériaux synthétiques et polluants dans les ateliers sans code d'éthique. Quelque chose avec un logo générique créé par ordinateur à partir d'algorithmes.

La commerçante troqua le catalogue pour un livre plus épais qu'un dictionnaire intitulé *Convictions sociales, politiques et religieuses – Nouvelle édition.*

— Pour ton *Guide d'opinions préfabriquées*, on ne se cassera pas la tête : ton public est très peu raffiné. Pas de grandes réflexions philosophiques pour toi, tes croyances seront simples, faciles à retenir et guidées par les émotions. Tu professeras l'obéissance aux lois du royaume, mais tu pourras à l'occasion t'indigner sur des sujets triviaux. Tu auras aussi droit à quelques slogans faits sur mesure concernant l'importance de la collectivité et du filet social – « Un peuple uni ne sera jamais vaincu », ce genre de trucs. Et tu ne seras pas spirituel, mais garderas un esprit ouvert.

Mimi fit imprimer divers documents qu'elle rassembla dans une enveloppe, puis elle plia des vêtements neufs et les mit dans un grand sac.

Tyler la remercia pour ses conseils et retourna vers les locaux de la Fédération, tenant sous le bras ses nouveaux habits, son *Guide d'opinions préfabriquées* personnalisé et une liste de slogans révolutionnaires à mémoriser. À l'extérieur du magasin, la file des bourgeois n'avait pas avancé d'un centimètre.

★

Tyler avait si mal à l'estomac qu'il sentait de petites décharges électriques lui piquer l'intérieur du système digestif. Il tenta de contrôler cette nervosité en respirant lentement, en vain. Seul dans sa toute petite loge, il entendait le grondement sourd des exclamations de la foule qui assistait à un combat. Les murs de béton qui le séparaient de l'action l'empêchaient de saisir les détails de l'affrontement, mais il en devinait les grandes lignes.

Dans quelques minutes, ce serait à son tour de monter sur le ring. Pour la première fois.

Il se regarda dans le miroir. Les muscles huilés de sa poitrine étaient bombés par l'effet des entraînements auxquels il s'était quotidiennement soumis depuis son embauche. Son corps, déjà athlétique, s'était transformé en une véritable statue de roc dans laquelle étaient taillés les rêves d'un entraîneur aux ambitions démesurées. En prévision de son premier combat, on lui avait même injecté des poches d'air dans les muscles pour en augmenter le volume.

Le scénario fourni par les scripteurs défilait dans sa tête. Il avait été étonné – déçu, même – d'apprendre que les combats et les rivalités de la Fédération étaient planifiés. Ses anciens collègues de l'usine en auraient été outrés… Mais une fois la surprise passée, il avait accepté de jouer le jeu. C'était, après tout, un moyen comme un autre de faire sa part pour le royaume.

Il avait appris son premier discours à la virgule près – chaque mot, chaque intonation, chaque pause devait contribuer à rendre la scène plus authentique –, mais maintenant qu'il s'apprêtait à le livrer devant des milliers de partisans, il se demandait s'il allait y parvenir.

Le Clan de gauche, auquel avait été affecté Tyler, était un regroupement socialiste de combattants fatigués et bornés qui soulevait de moins en moins les foules. Les nombreuses victoires du Fossoyeur avaient abîmé la crédibilité du Clan aux yeux des partisans. Les scripteurs envisageaient la possibilité que Tyler puisse le relancer.

Un assistant ouvrit la porte de la loge et lui fit signe de le suivre. La recrue termina de lacer ses hautes bottes de cuir et suivit son guide dans les entrailles de l'amphithéâtre.

Ils arrivèrent derrière la scène et attendirent le signal des techniciens. Les lumières de l'aréna s'éteignirent, une musique épique retentit, et Tyler traversa le rideau.

La vue qui s'offrit à lui était grandiose. L'amphithéâtre était rempli — à moitié, ce qui était tout de même impressionnant — de visages qui le fixaient avec curiosité. Des flashs de caméra scintillaient tandis que des faisceaux multicolores balayaient les estrades.

Au bout d'une passerelle se dressait le ring rouge et blanc au centre duquel se tenait un annonceur en complet-cravate. Le président du ring, chargé de l'application du code d'éthique des combattants, trônait sur un piédestal de bois massif près des commentateurs, Jerry et Rocco le Loco. Assis derrière une table bringuebalante, ces derniers décrivaient la scène en s'énervant dans leurs micros-casques.

Tyler fit comme on le lui avait montré : il tendit les bras pour haranguer la foule, qui réagit avec un enthousiasme modéré. Malgré sa nervosité, il afficha un sourire confiant et s'avança d'un pas décidé vers l'arène. Il pointa des spectateurs et dressa un pouce en l'air, tapa des mains, banda ses biceps. La foule réagit très favorablement, cette fois, même si elle ne le connaissait pas.

Sitôt dans le ring, Tyler saisit le micro des mains de l'annonceur et débita son texte d'une voix rauque et énergique.

— Êtes-vous comme moi ? En avez-vous assez de payer pour les fourberies du Fossoyeur et de sa bande de vauriens ?

Les spectateurs assis le plus loin du ring, dans les sections populaires accrochées au plafond, approuvèrent en criant. Ceux qui étaient au parterre, dans les dix premières rangées, semblaient plutôt inquiets. Tyler vit leurs hauts-de-forme se secouer dans un murmure de désapprobation ; c'était bon signe.

— Vous, là-haut, vous savez de quoi je parle. Il est temps de se débarrasser du Fossoyeur et de ses sbires ! Nos conditions de vie se détériorent tandis que les aristocrates s'enrichissent ! Oui, je vous entends... Les familles ouvrières en ont assez, assez de ces riches déconnectés de la réalité !

Une salve d'applaudissements ponctua cette harangue. Tyler fut ému de l'intérêt qu'on portait à son discours. Jamais il n'avait cru posséder des qualités de tribun ! Peut-être était-il aussi crédible, tout simplement, parce qu'il croyait en ses propres paroles ?

— Mes amis… le temps du changement est venu !

Électrisé par la réaction des partisans, Tyler prit alors un grand risque.

— Je dois vous dire… J'étais ouvrier comme vous, avant. Je travaillais dans les usines de création de richesse du quartier prolétaire, dans les pressoirs les plus performants du royaume. Ce que j'ai vu là-bas… Ce que j'ai vécu… Mes collègues ont été blessés, mutilés, même tués ! Est-ce normal ? Est-ce normal, tout cela ?

Un hoquet d'indignation secoua l'assistance. Tyler se demanda s'il n'était pas allé trop loin ; il reprit donc le fil du discours qu'il avait appris par cœur.

— Fini, le temps de l'inaction… Fini, le temps des belles promesses ! Devenez mes partisans, et ensemble, nous redonnerons leur dignité aux prolétaires !

Quelques partisans scandèrent le nom de Tyler, mais ils furent interrompus par le thème musical des Chenapans, ces fiers-à-bras appartenant à la famille politique du Fossoyeur. Les trois apparurent sur la passerelle et foncèrent sur le ring armés de micros.

— T'es nouveau, toi…, commença l'un d'eux. On va te montrer comment ça marche, ici !

Sans avertissement, le plus gros des Chenapans décocha une droite violente au menton de Tyler qui, feignant la surprise, tituba vers l'arrière. Ses deux complices lui donnèrent à leur tour quelques taloches puis sortirent du ring. L'arbitre fit sonner la cloche et le combat débuta.

Comme le scénario le commandait, Tyler perdit l'affrontement. Mais, alors qu'il simulait une douleur atroce et que les Chenapans célébraient leur victoire sous les huées de la foule, il vit sur un écran le visage des spectateurs au balcon : ils continuaient de l'encourager, de l'applaudir et de le célébrer malgré sa défaite.

De retour dans les vestiaires de l'amphithéâtre, son adversaire vint le féliciter pour sa performance.

— Tu as bien exécuté la chorégraphie, lui dit le Chenapan. Mais je vais te donner un conseil : la prochaine fois, ne déroge pas au discours qui t'a été donné. Maître Glockenspiel et les scripteurs n'aiment pas les initiatives personnelles et les idées originales. Il y a toujours un risque que les partisans deviennent incontrôlables si on les chauffe trop.

Tyler enregistra la critique de son collègue, mais n'y fit pas très attention. Il avait déjà hâte à son prochain combat.

★

Rufus Z. et Valentina passèrent deux semaines à peaufiner le plan de leur révolution, penchés au-dessus d'une mer de cartes du centre-ville et de listes de cibles potentielles. Leur collaboration était dangereusement productive : les connaissances tactiques de la jeune soldate étaient le complément parfait du savoir théorique du vieil intellectuel.

Ils se mirent d'accord sur un projet d'attentat audacieux, simple, presque élégant. Leur objectif était de déstabiliser Maître Glockenspiel et de le pousser à commettre une erreur stratégique ; John R.T.S. Smithson Sr et Xanoto entreraient en scène peu après.

El Diablo, lui, passait ses journées à chercher le ouaouaron du jeune Antonio sur le petit domaine agricole.

Un soir, Valentina réveilla son prisonnier – ils ne dormaient plus dans la grange, mais dans un vrai lit de la maison de Rufus Z. – et lui ordonna de revêtir son uniforme. Le moment était venu de passer à l'action.

Valentina entraîna El Diablo dans un périple nocturne au cœur de la forêt. Malgré la noirceur, elle progressait avec aisance entre les arbres et les pierres. El Diablo, qui ne manquait pas une occasion de trébucher ou de se faire fouetter le visage par une fougère vicieuse, lui demanda si elle avait reçu un entraînement spécial.

— Non, mais j'ai grandi dans cette forêt, révéla-t-elle.

Il avait peine à y croire.

— De mon côté de la frontière, personne n'est autorisé à vivre dans les bois, remarqua-t-il.

— Nous n'en avions pas la permission, répondit Valentina. Notre village vivait en autarcie, pratiquement sans contacts avec le reste du royaume. Il avait été fondé par des contestataires, des rêveurs... C'est du moins ce que me racontaient mes parents.

La jeune femme bifurqua vers sa gauche. Derrière une rangée d'arbres imposants apparut une clairière parsemée de souches et traversée par un ruisseau. La charpente décrépie d'un bâtiment abandonné se dressait au milieu de l'éclaircie.

Valentina s'arrêta et posa son sac à dos. Cet endroit qu'elle avait jadis tant aimé faisait monter en elle une nostalgie noire. Elle se souvenait des balançoires accrochées aux branches, de la yourte du chaman arthritique, de l'odeur des poissons qui fumaient sur le gril du four en pierres, des torches qui illuminaient la nuit en crépitant, du goût de l'eau glacée de la rivière, des éclats de joie des fêtes initiatiques.

Elle se retourna vers El Diablo.

— Mon village se trouvait ici même. Il y avait une cinquantaine d'habitants, peut-être un peu plus... Mes souvenirs sont flous. J'habitais une maisonnette de bois avec ma mère, mon père et mon frère, qui n'était qu'un bébé... La vie n'était pas parfaite. Nous n'avions pas accès à la richesse du royaume et devions cueillir et chasser notre nourriture. Rien de facile... mais je me souviens d'avoir été heureuse. Tu entends ce cours d'eau ? J'y ai déjà pêché une barbotte plus grosse que toi !

Valentina esquissa un sourire et s'assit sur une grosse pierre ronde couverte de lichen.

— J'étais encore une petite fille quand c'est arrivé. Un jour, une créatrice de richesse a eu vent d'une vieille légende signalant la présence d'un gisement de pierres précieuses dans ce secteur. C'était faux, évidemment. Mais pour en avoir le cœur net, elle a obtenu de l'empereur la permission de nous expulser du village et de raser les arbres des environs afin d'entamer des travaux exploratoires.

— Vous vous êtes laissés faire ?

La soldate jeta vers El Diablo un regard chargé de mépris.

— Bien sûr que non. Nous avons envoyé une délégation auprès de Maître Glockenspiel pour demander la tenue d'un débat en bonne et due forme. À l'époque, l'empereur était plus accommodant, il ne voulait pas de problème… Il a accepté notre requête et organisé un combat de la Fédération de lutte politique.

Valentina sortit une bouteille d'eau de son sac, en but une gorgée et l'offrit à El Diablo.

— C'était un traquenard. Le soir du gala, nous avons appris que l'enjeu était le suivant : la forêt devrait-elle être rasée à l'aide de scies à chaîne ou de haches traditionnelles ?

Elle reprit la bouteille et la rangea dans son sac.

— C'était grossier, mais personne à l'extérieur de notre village n'y a vu de problème, pas même les personnalités écolocommunautaires de tendance pacifique et les amants de la nature pragmatiques qui nous appuyaient. Le combat a duré cinq minutes. Le lutteur qui représentait l'option des scies à chaîne a gagné sur une descente du coude du troisième câble.

Un rire amer s'échappa de la gorge de Valentina.

— Nous avons dû quitter le village le lendemain, et déménager dans un minuscule logement près des usines. Mon père a tenté de devenir ouvrier, mais il n'était pas fait pour cette vie. Il est mort à la fin de son premier quart de travail, empoisonné par la sueur souillée des pressoirs. Ma mère a eu un tel choc qu'elle l'a suivi dans la tombe six mois plus tard.

Elle serra sa carabine entre ses mains.

— Nous avons été déracinés comme les arbres qui se dressaient ici, broyés pour satisfaire le caprice d'une foutue créatrice de richesse. Tout ça pour ça…

Les deux soldats se regardèrent. El Diablo voulut dire quelque chose de réconfortant ou de profond, mais il ne trouva rien et se contenta d'émettre un petit «Hmmm…» presque inaudible. Valentina ne lui en tint pas rigueur.

— Depuis que mes parents sont morts, dit-elle, je me suis souvent demandé à quoi je pouvais bien servir. Aujourd'hui, enfin, je le sais.

Chapitre V

Cette nuit-là, Ursula taillait une pièce de richesse qui n'avait rien de magnifique. Son matériau de base – de la sueur de prolétaire – était de qualité douteuse, comme s'il avait été extrait d'ouvriers épuisés au terme d'une trop longue journée de travail.

Il faut dire que la pression des machines était maintenue au maximum depuis des semaines. Chaque usine possédait désormais une armada de notificateurs mortuaires, qui sillonnaient les rues à temps plein pour annoncer les décès. L'armée avait même commencé à punir les prolétaires récalcitrants ; quand l'un d'eux se prétendait malade, un commando héliporté défonçait la porte de son appartement pour l'arroser de gaz poivre devant sa famille.

Une rumeur circulait aussi, selon laquelle l'Oracle ne prodiguait plus de conseils. Certains affirmaient même qu'il avait disparu.

Ursula tentait de ne pas se laisser distraire par ces mauvaises nouvelles. Elle poursuivait son travail solitaire en essayant de ne pas trop se soucier du monde extérieur.

Soudain, un bruit étrange – comme celui d'une ampoule qu'on écrase – la fit sursauter. Ses doigts translucides laissèrent échapper une fiole de sueur qui s'écrasa sur le sol humide de l'atelier. Le son inquiétant était venu de l'arrière du petit logement.

Ursula mordit nerveusement dans le masque à eau de mer oxygénée qui recouvrait sa bouche et ses branchies. Elle saisit un socle de marbre, se dirigea à pas lents vers le salon. Habituée à la noirceur de son appartement, elle repéra rapidement un hublot fracturé. Le trou était assez grand pour laisser passer un homme.

Quelqu'un s'était introduit chez elle.

Horrifiée, elle recula en tournant la tête à la recherche de l'intrus, puis battit en retraite d'un pas affolé. Ses pieds palmés heurtèrent une caisse en plastique et elle s'effondra douloureusement sur le ventre, en laissant échapper son socle de marbre.

Des pas résonnèrent alors sur le plancher. Ursula paniqua en apercevant une paire de bottes qui s'approchait ; elle agita les nageoires de toutes ses forces pour déguerpir, en vain. Son assaillant empoigna le socle, le souleva, murmura une excuse, puis fracassa l'objet sur la tête d'Ursula, qui perdit connaissance.

L'inconnu se dépêcha. Il ficela le corps d'Ursula avec une corde qu'il noua de façon experte. Il déploya ensuite un gros sac en plastique et y emballa sa victime. Il déposa enfin sur le plancher froid de l'appartement un tract propagandiste («Sus à Maître Glockenspiel!») et un bout déchiré d'étoffe militaire.

Il tira son paquet jusqu'à la fenêtre du salon, l'expulsa de l'appartement et sortit de l'édifice. À l'extérieur l'attendait son complice.

— Tu as réussi ?

— Sur toute la ligne, fanfaronna Valentina. Il faut faire vite maintenant, le jour se lèvera bientôt.

Pour ne pas être repérés tandis qu'ils transportaient le paquet contenant le corps inerte d'Ursula, Valentina et El Diablo empruntèrent les ruelles les plus glauques du quartier. Ils durent se cacher quelques minutes derrière un conteneur à déchets pour éviter une patrouille militaire, puis trouvèrent refuge dans un fossé où ils reprirent brièvement leur souffle.

Ils parvinrent à atteindre l'océan juste avant l'apparition des premiers rayons du soleil. Ils repérèrent la barque camouflée sous un quai de bois pourri par des amis de Rufus Z. et y chargèrent leur prisonnière. Ils ramèrent fermé pendant une heure, le temps de diriger leur embarcation jusqu'au-dessus d'une fosse océanique.

Valentina ouvrit le grand sac, détacha Ursula et dénoua les cordes qui la saucissonnaient. Reprenant conscience, la créature muette comprit aussitôt le dessein de ses kidnappeurs. Elle agita les nageoires pour protester.

— Je vous l'ai déjà dit, je suis désolée, se contenta de murmurer Valentina.

Les soldats attachèrent deux grosses pierres au dos d'Ursula, qui gigotait en vain. Ils lui enlevèrent son appareil à eau de mer oxygénée, puis la firent basculer par-dessus bord.

Le corps lesté d'Ursula sombra vers le fond de la mer, là où les rayons du soleil ne se rendent jamais.

★

Xanoto ne pouvait plus reculer.

Son dos était plaqué contre la cheminée du bureau de Maître Glockenspiel, lequel vociférait en brandissant un index vengeur.

— Il fallait augmenter la sécurité ! Aurait-il fallu que je monte moi-même la garde ?!

Le serviteur s'abstint de faire remarquer à son souverain qu'aucun ordre de surveillance accrue des ateliers de création n'avait été donné. L'heure, plus que jamais, était à la retenue ; dans quelques jours, la dernière étape de son plan secret se mettrait en branle.

Maître Glockenspiel empoigna l'épaule de Xanoto comme pour le secouer, mais il changea d'idée et retourna se planter derrière son bureau, les mains sur les hanches, les yeux sur une carte de la zone frontalière. Sa voix perdit de sa superbe.

— Ursula est une grande créatrice. Une force de la nature. Elle est si courageuse, si spéciale.

Xanoto se contenta de hocher la tête en silence. Maître Glockenspiel enfouit son visage entre ses mains.

— Je ne peux tolérer cet affront, fulmina-t-il.

C'est à ce moment que la porte du bureau s'ouvrit sur le général chargé des enquêtes. Il salua, et resta au garde-à-vous en débitant les résultats de son investigation :

— Nous avons analysé le bout de tissu trouvé sur la scène de crime. Il s'agit d'un fragment d'uniforme militaire ennemi. Possiblement un bas de pantalon mal cousu qui s'est détricoté sur le cadre de la fenêtre pendant l'entrée par effraction.

Même si des soupçons avaient germé dans son esprit dès les premières minutes de la crise, Maître Glockenspiel était sous le choc. Un commando ennemi s'était faufilé jusqu'au cœur de son royaume pour attaquer sa confidente : l'humiliation était totale.

Mais le général avait une autre information à transmettre au souverain.

— Maître, je suis désolé de vous apprendre que des témoins rapportent avoir vu deux individus suspects prendre le large avec un paquet mystérieux. Il semble probable que les ravisseurs aient jeté la victime dans l'océan.

Maître Glockenspiel hurla une plainte lugubre en balayant les objets sur sa table d'un geste rageur. Il saisit son sceptre, le brandit sous les yeux terrifiés de Xanoto, puis abattit le lourd artefact royal sur le crâne du pauvre général, qui s'écroula.

— Idiot ! Incapable ! rugit Maître Glockenspiel en frappant le corps inerte du haut gradé. Je devrais vous réduire en pulpe ! Assassin ! Lâche ! On insulte votre empereur, et vous ne faites rien !! Arriéré ! Abruti !!

La rage de l'empereur se tourna ensuite, de façon inexplicable, vers le sceptre lui-même. Maître Glockenspiel fracassa le symbole de son pouvoir sur son genou en poussant un grognement animal. Le précieux objet se fractura dans un claquement métallique. L'empereur lança les deux morceaux vers sa collection d'air rare, dont les bouteilles éclatèrent en mille morceaux.

— Mort aux crétins ! Mort aux imbéciles !!

Essuyant l'écume à ses lèvres, il fonça vers la lourde porte donnant accès à sa collection de bombes atomiques. Il saisit la plus petite et la lança vers Xanoto.

— Faudra-t-il que j'en fasse éclater une pour qu'on m'obéisse ? gueula-t-il en agrippant un modèle thermonucléaire miniature avant de le faire voler à l'autre bout de la pièce. J'ai voulu être gentil, mais vous ne comprenez que la force brute ! Combien de kilotonnes pour qu'on me prenne au sérieux ?

Klaria fit à son tour les frais de la rage du souverain : la bombe reçut une série de violents coups de pied qui bosselèrent sa coquille argentée.

— Râââââââââ !!! éructa Maître Glockenspiel.

Quoique surpris par l'ampleur de la crise, Xanoto se félicita en silence. La stratégie qu'il avait élaborée avec Smithson Sr fonctionnait à merveille.

Trop essoufflé pour poursuivre son saccage, l'empereur sortit enfin de son musée atomique. Il avait le front luisant, ses joues étaient cramoisies et son veston était déchiré aux aisselles.

— Déclarez l'état d'urgence, ordonna-t-il en enjambant le général inconscient. Mettez les fantassins sur le pied d'alerte. L'ennemi est allé trop loin, cette fois. Nous sommes en guerre.

★

Même s'il n'avait que cinq combats à sa fiche, Tyler était déjà très populaire auprès de la classe ouvrière. Ses sorties en public s'étaient transformées petit à petit en interminables périples.

Quand il marchait dans la rue, on l'arrêtait pour le féliciter, lui demander un autographe ou l'embrasser sur le front. Les partisans étaient si nombreux à vouloir lui parler que de petits attroupements se formaient autour de sa personne. Certains le prenaient par les épaules et l'inondaient de compliments en le secouant avec vigueur et affection. D'autres, trop émus, se contentaient de le dévisager en murmurant des interjections admiratives.

Trop humble pour abuser de cette gloire nouvelle, Tyler s'y adaptait tant bien que mal en organisant autrement ses journées. Lorsqu'il voulait acheter du lait au marché, par exemple, il apportait une tente, un sac de couchage et des provisions. Même si cela devait lui prendre une semaine pour parcourir un kilomètre, il se faisait un point d'honneur de discuter avec chaque partisan.

Les scripteurs de la Fédération s'expliquaient mal cette ascension fulgurante, mais la candeur avec laquelle Tyler livrait ses discours – il déviait souvent du scénario pour parler de son passé d'ouvrier, malgré les remontrances du gérant – y était assurément pour quelque chose.

De retour à l'amphithéâtre après une séance d'autographes qui s'était étirée sur trois jours, Tyler apprit une bonne nouvelle.

— Tu seras le prochain challenger du Fossoyeur pour la ceinture de premier champion ! s'enthousiasma un scénariste. Nous travaillons sur quelques histoires pour donner un enjeu important au combat. Ce sera fantastique, spectaculaire, grandiose !

Les scripteurs ne manquaient jamais de superlatifs pour décrire leurs propres idées.

L'affrontement avec le Fossoyeur aurait lieu une semaine plus tard, lors du plus important gala de la saison. Il y avait quelque temps qu'une rivalité se développait entre les deux personnages ; le coup de Jarnac encaissé lors de son premier combat contre les Chenapans avait provoqué une longue guerre de mots.

Tyler était tout heureux. Ses partisans allaient se régaler de cet affrontement titanesque. Un sourire d'enfant accroché au visage, il s'éreinta pendant des heures sur les machines de musculation. Il songea au chemin parcouru depuis qu'il avait quitté son poste de notificateur mortuaire : désormais, quand les prolétaires le croisaient dans la rue, ils n'étaient pas inquiets, mais joyeux.

★

Maître Glockenspiel refusait de laisser impunie l'incompétence de son armée. Les officiers qui n'avaient pas su empêcher l'attentat contre Ursula devaient subir un châtiment exemplaire. La guerre était imminente. Il fallait leur serrer la bride.

C'est ainsi que l'empereur rassembla dans la salle des machines du palais les dix responsables du service de renseignement. L'endroit grouillait de sous-fifres qui s'affairaient à alimenter les poêles, chaufferettes et autres fours indispensables à la bonne marche du château. Des fiers-à-bras chargés de la sécurité du domaine se tenaient immobiles près des militaires, prêts à intervenir en cas de désobéissance.

Maître Glockenspiel brandit son sceptre blessé – les deux morceaux avaient été recollés avec du ruban adhésif bon marché – pour donner du relief à son discours.

— Soldats, je serai bref. Mon amie Ursula, artisane légendaire, a été lâchement kidnappée par un commando ennemi. Il semble qu'elle ait été abandonnée au fond de l'océan… Imaginez-la… seule, perdue, affamée… Après tout ce qu'elle a fait pour s'extirper de la misère, après avoir risqué sa vie pour améliorer son sort… C'est d'une cruauté inimaginable !

Les dix militaires s'agitèrent. Le plus gradé de la bande protesta en bredouillant que les mesures habituelles étaient en place au moment de l'attentat. Ses arguments se brisèrent contre l'indignation de l'empereur.

— Peu m'importent vos excuses, le résultat est le même : vous avez failli à votre tâche. Votre laisser-aller est indigne de ma confiance. Vous devez en payer le prix.

Derrière les soldats, un menuisier musclé fabriquait des ustensiles à partir de petits fragments de richesse. Il pigeait des blocs scintillants dans une boîte, les taillait grossièrement, puis les insérait dans une machine qui se mettait alors à vibrer. Après trente secondes, un voyant vert s'allumait et une cuillère, une fourchette ou un couteau de bois était expulsé d'un tuyau en plastique.

— J'ai hésité avant de choisir la punition adéquate, reprit l'empereur. Je ne voulais pas vous faire exécuter, puisque c'est trop barbare. Mais l'exil ou la prison me semblent des peines trop clémentes. J'ai donc opté pour un châtiment modéré, à mi-chemin entre le despotisme et l'anarchie.

Il fit un signe au menuisier, qui cessa de travailler et marcha jusqu'à un entrepôt dont il ouvrit la porte. Les dix militaires poussèrent des cris d'horreur : leurs femmes étaient là, enchaînées, prisonnières. Le menuisier les fit avancer vers sa machine.

Maître Glockenspiel cloua son regard impitoyable dans celui de chacun de ses soldats.

—Vos femmes seront transformées en bols à soupe, en saladiers et en planches à découper. La punition, quoique légèrement incommodante, est sans douleur et provisoire. Vos compagnes orneront ma collection de vaisselle jusqu'à ce que vous ayez attrapé les coupables de l'attentat contre Ursula.

Le menuisier guida une première femme vers sa machine, en la tenant délicatement par l'avant-bras. Elle ne protesta pas et se fit avaler sans broncher par l'appareil, qui recracha un bol assez grand pour contenir une soupe-repas. Les neuf autres otages se placèrent en rang, l'air résigné ; deux militaires tentèrent de s'interposer, mais les fiers-à-bras les immobilisèrent aussitôt.

— Conservez vos énergies pour le conflit qui approche, vous en aurez besoin, leur conseilla Maître Glockenspiel en quittant majestueusement la pièce.

★

La première usine du royaume à cesser sa production fut celle qui avait fourni la sueur brute à Ursula.

Ce n'était pas une entreprise particulièrement importante, mais pour les cent cinquante et un employés qui s'y faisaient presser jour et nuit, la nouvelle était catastrophique. Une petite délégation fila vers le temple de l'Oracle afin d'y quémander une aide ponctuelle ; ils revinrent bredouilles, ne rapportant avec eux que des rumeurs à propos d'une absence prolongée de l'entité.

Notant une diminution de sa clientèle, le bar à neutrinos sis en face de l'usine ferma deux jours plus tard. Il fut remplacé par un marchand de personnalités de fin de série. Or, même les costumes datant de cycles lointains ne trouvèrent pas preneur, et les mannequins furent vite rangés dans leurs boîtes.

Les dirigeants des usines du quartier devinrent anxieux. Ils arrêtèrent leurs machines afin de ne pas se retrouver avec d'encombrants surplus.

Cet effet domino atteignit bientôt les cordages de la Tente de la charité. Le kiosque consacré aux droits des plantes désertiques, une cause assez nichée, ferma le premier. D'autres fondations peu populaires l'imitèrent bientôt, si bien que la rentabilité de la Tente se trouva menacée. Les organisateurs eurent l'idée de dresser une Tente du don au profit de la Tente de la charité, mais les bienfaiteurs furent si peu nombreux que les opérations prirent fin au bout d'une heure. Les deux organismes plièrent bagage en promettant qu'ils reviendraient une fois la crise passée.

La fermeture des usines toucha ensuite les réparateurs de pressoirs, qui eurent de moins en moins de clients. La conséquence fut paradoxale : les rares réparateurs toujours en activité commencèrent à demander un tarif exorbitant pour pallier leurs pertes. Le coût d'un requinquage devint si élevé que les chaînes de montage étaient laissées à l'abandon après le bris d'une pièce importante.

Au bout d'un temps, des ouvriers congédiés érigèrent une barricade devant le temple de l'Oracle afin d'exiger qu'il apparaisse et leur prodigue ses conseils. Leur présence dérangeante – ils soufflaient dans des trompettes et paradaient devant les luxueux immeubles du centre-ville armés de pancartes aux slogans intimidants – éloigna les clients des commerces du quartier.

À cette perturbation s'ajoutait par ailleurs l'imminence de la guerre.

Ce conflit était particulièrement problématique pour les marchands de personnalité, qui n'avaient rien à gagner des rafales des mitraillettes et du souffle des explosions. Leur marché rétrécissait toujours en temps de ruée militaire ; plusieurs boutiquiers durent mettre à pied leurs employés pour rester rentables.

Réunis à leur tour devant le temple de l'Oracle, ces nouveaux chômeurs passaient le temps en spéculant sur le prochain gala de la Fédération, au terme duquel Tyler aurait la possibilité de chasser le Fossoyeur du pouvoir. Le duel était d'autant plus attendu que des hausses de salaires, un congé d'été payé et un système universel de distribution d'air rare avaient été ajoutés au programme du Clan de gauche.

Les rangs des partisans de Tyler grossissaient au rythme des mises à pied.

Tapie dans la pénombre d'un minuscule appartement derrière des rideaux tirés, Valentina observait l'ampleur croissante du chaos. Le piège qu'elle avait élaboré avec Rufus Z. se refermait sur Maître Glockenspiel : paniqué, il avait déclaré la guerre à l'ennemi. Toutes les garnisons de l'armée avaient été déployées le long de la frontière en vue de la bataille ; il ne restait donc plus aucun soldat pour mater la contestation au centre-ville.

Le début de la révolution approchait, et Valentina s'en réjouissait. Le système qui avait détruit son village s'écroulerait bientôt. Il n'y avait plus qu'à attendre le signal des complices de Rufus Z.

Ceux-ci firent leur apparition par un après-midi pluvieux, alors que la foule de manifestants était plus clairsemée qu'à l'habitude. Un inconnu au visage camouflé par une fausse moustache se présenta à l'appartement. Valentina saisit sa carabine et entrebâilla la porte. L'homme s'identifia à voix basse, comme convenu.

— Je suis Xanoto, c'est Rufus Z. qui m'envoie. Voici le paquet.

Xanoto fit glisser un cartable vert foncé dans l'embrasure et quitta les lieux sans rien ajouter. Valentina vérifia que les papiers étaient bien ceux qu'elle attendait et les remit à El Diablo, qui les examina à son tour.

— C'est… c'est parfait, fit le soldat.

El Diablo sortit un radioémetteur de sa poche et l'alluma. Il s'approcha du micro et s'identifia en utilisant un langage codé inintelligible pour Valentina. La soldate comprit néanmoins que le destinataire était surpris de recevoir l'appel. Le jeune combattant passa de longues minutes à raconter une histoire, probablement le récit des dernières semaines. Son interlocuteur parut satisfait. El Diablo sortit des feuilles du cartable vert foncé et débita leur contenu. La réponse ne tarda pas.

— Ils me disent qu'ils seront prêts, traduisit-il en levant un pouce en l'air.

Comme leurs sujets de conversation étaient depuis longtemps épuisés, Valentina et lui passèrent les heures qui suivirent à visionner des archives de la Fédération de lutte politique. Ils furent impressionnés de constater à quel point les combats des décennies précédentes étaient plus honnêtes, plus intègres que ceux de leur époque. On aurait dit que les lutteurs se battaient alors avec une conviction sincère et qu'ils disaient la vérité à leurs partisans, sans tenter de les enfariner dans un plan de communication scénarisé. Rien à voir avec le cynisme, les mensonges et les fourberies désormais si fréquents.

Valentina remarqua que les coups illégaux étaient presque inexistants jadis ; une sorte de respect mutuel semblait animer les combattants des différents clans.

Elle se demanda si ses parents auraient choisi la vie marginale de la forêt s'ils avaient pu compter sur des lutteurs aussi droits que ceux-là pour défendre leurs intérêts. Probablement pas : leur refus des règles du royaume était global. Mais leur sort aurait néanmoins été différent. Ces vieux lutteurs qu'elle voyait sur l'écran n'auraient jamais accepté de participer au simulacre de débat qui avait précédé leur expulsion de la forêt... Ce constat ne fit que décupler sa détermination à mener à bien la révolution de Rufus Z.

Au milieu de la nuit, Valentina et El Diablo furent réveillés par un papillon-messager. Ils devaient se tenir prêts : l'offensive contre l'ennemi était imminente.

★

Maître Glockenspiel insista pour se rendre sur le front, au grand désespoir des généraux qui gesticulaient en faisant virevolter les médailles accrochées à leur poitrine.

— La zone n'est pas sécurisée, plaidaient-ils. Vous risquez d'être pris pour cible.

L'empereur ne se donna même pas la peine de répondre. Il était le commandant suprême d'un royaume menacé par un ennemi perfide. Son devoir était de contre-attaquer, dût-il bondir seul de la tranchée armé d'une baïonnette rouillée.

Le convoi de Maître Glockenspiel s'arrêta à la lisière de la forêt, à quelques centaines de mètres de la frontière. À la gauche de l'empereur se dressait la montagne au sommet de laquelle la crise avait éclaté. Il en scruta la crête et eut une pensée pour cette soldate capturée. Où était-elle ? Avait-elle perdu espoir ? Lui infligeait-on d'innombrables sévices ? Il se promit de la promouvoir au rang de générale s'il la retrouvait en vie.

L'empereur et son cortège passèrent en revue les troupes d'assaut stationnées près des arbres. Des fantassins faisaient les fous près des fougères. Autour des tentes en toile, des tanks écrasaient la végétation de leurs lourdes chenilles. D'immenses canons à roue étaient pointés vers le ciel, prêts à cracher la destruction. Des mines antipersonnel gorgées de sueur ultracompressée tapissaient le sol.

Satisfait, le souverain s'engouffra dans le bunker du quartier général. Les chefs militaires les plus aguerris peaufinaient leur stratégie en vue de l'attaque. Celle-ci aurait lieu à l'aube.

★

John R.T.S. Smithson Sr demanda à ses assistants de faire rouler son armoire aussi vite que le permettait sa sécurité dans les rues du quartier financier. Avant de partir, il rappela aux deux hommes d'éviter le secteur du temple de l'Oracle, théâtre depuis quelques jours de manifestations permanentes.

L'armoire avançait donc à vive allure en faisant couiner ses petites roues – *fuit! fuit! fuit! fuit!* – sur le bitume. S'observant dans les miroirs du meuble tandis qu'il sentait les roulettes sautiller sur les fissures des trottoirs, le créateur de richesse passa en revue les mots qu'il allait devoir prononcer. Trouver le ton juste n'était pas évident. Il sentait la nervosité lui mordiller l'estomac en s'imaginant devant les membres du Conseil d'administration, entité réunissant la crème de la haute société et chargée de recommander sa conduite à l'empereur.

La séance extraordinaire qu'il s'apprêtait à présider serait la plus importante de sa vie.

L'armoire s'arrêta devant un immeuble perché sur des poutres d'acier réputées indestructibles. John R.T.S. Smithson Sr sortit du meuble en fermant les yeux pour échapper à l'oppression du monde extérieur. Puis, guidé par ses assistants, il entama l'escalade des soixante et onze étages le séparant du sommet de l'immeuble ; il était hors de question de courir le risque de prendre l'ascenseur. Accroché à la rampe comme un alpiniste à sa cordée, l'aristocrate grimpa courageusement vers ses semblables.

Une confusion mêlée de désarroi régnait dans la salle de réunion. Aussitôt qu'il y mit le pied, Smithson Sr fut assailli par les interrogations et les critiques.

— Je n'ai pas reçu une seule goutte de sueur hier, et j'attends encore le chargement d'aujourd'hui ! se plaignit une industrielle au chapeau si haut qu'il frottait le plafond.

— Les ventes de billets sont anémiques, gémit l'organisateur de la loterie inversée. Les chances de perdre sont sur le point d'atteindre un seuil critique. Bientôt, plus personne ne voudra participer.

— L'armée m'a confisqué ma plus belle machine à presser ! pleurnicha à son tour un créateur de richesse.

John R.T.S. Smithson Sr demanda le calme. Il inspira profondément, essuya ses paumes moites sur son pantalon, et se lança :

— Messieurs, mesdames, nous devons agir rapidement. Comme vous le savez, une déclaration de guerre vient d'être envoyée à l'ennemi. Nos troupes passeront à l'offensive dans les prochaines heures. Cet effort militaire ne fera qu'affaiblir notre économie, déjà si mal en point.

La dame au chapeau l'interrompit :

— Mais qu'attend donc l'Oracle pour nous guider ? J'ai ouï dire qu'il refusait d'accueillir des visiteurs depuis quelque temps...

L'homme d'affaires dit :

— Il est de mon devoir de vous informer que l'Oracle a disparu.

Il appuya sur le dernier mot afin de créer une commotion. Son stratagème fonctionna : le responsable de la loterie s'évanouit sur sa chaise et les créateurs de richesse se jetèrent des regards affolés. Sans les pronostics et les conseils de l'Oracle, ils se sentaient perdus, abandonnés.

— Nous ne savons pas où il se trouve, ni même s'il reviendra, mentit John R.T.S. Smithson Sr. Et vous l'avez vu, la grogne dans les rues s'intensifie d'heure en heure. Comme Maître Glockenspiel est au front, nous devons nous entendre sur un plan de contingence.

Capitalisant sur la panique qui s'était emparée du conseil, il proposa de voter sur-le-champ une série de décrets d'urgence. Les questions économiques, judiciaires et sécuritaires furent rapidement réglées, puis vint le moment d'aborder l'enjeu délicat de la gouvernance. John R.T.S. Smithson Sr prit un air solennel.

— Personne ne souhaite de malheur, mais nous devons prévoir une procédure dans l'éventualité où Maître Glockenspiel serait estropié ou tué au champ d'honneur.

— Que je ne vous voie pas tenter d'usurper le pouvoir, Smithson Sr! avertit l'un des administrateurs de la défunte Tente de la charité.

—Voyons, je suis bien trop anxieux pour cela, jamais je n'oserais! rétorqua l'aristocrate. Je suggère plutôt que nous nommions un intendant qui, au besoin, jouira des privilèges et assumera les responsabilités de l'empereur.

— Qui suggérez-vous? demanda la dame au chapeau.

John R.T.S. Smithson Sr marqua une pause pour maîtriser le tremblement qui agitait sa lèvre inférieure.

— Le seul choix logique, dit-il enfin. Celui qui connaît notre Maître mieux que quiconque : son fidèle serviteur, Xanoto Archibal Theophilus.

La proposition sembla si inoffensive que les membres du conseil la votèrent à l'unanimité.

★

Une heure avant leur combat, Tyler et le Fossoyeur rencontrèrent les scénaristes de la Fédération. Les deux lutteurs se saluèrent, échangèrent quelques plaisanteries et écoutèrent le chef des scripteurs détailler le déroulement de la soirée.

— Bon, alors… Le gagnant repartira avec la ceinture de premier champion, vous le savez déjà. Mais étant donné les récents événements, nous avons décidé ce matin de faire grimper les enchères. Il y aura donc un enjeu supplémentaire au combat : la conscription des prolétaires.

Tyler espéra un instant que le scénariste blaguait.

— Le résultat, lui, n'a pas changé, poursuivit le chef. Le Fossoyeur sortira vainqueur du duel.

Tyler protesta.

— Mais… mais cela voudrait dire que…

— … qu'un ordre de conscription sera donné demain matin, confirma le scénariste. Ne soyez pas outré, l'armée a tout simplement besoin de forces fraîches.

— Elle a besoin de chair à canon, oui ! s'emporta l'ancien ouvrier. Qui est le scénariste sans cœur qui a cru que je serais d'accord ? Il n'a jamais été question de conscription dans les discours du Fossoyeur. Mes partisans n'accepteront pas ce résultat grotesque.

Le chef fit une moue, l'air de dire qu'il n'y pouvait rien.

— L'opinion de vos partisans n'a aucune importance. Et ce n'est pas un simple scénariste qui a décidé d'un changement si important, voyons ! C'est un ordre que j'ai reçu directement de Maître Glockenspiel.

Les jambes de Tyler faillirent le lâcher. Il ne pouvait s'imaginer perdre un combat qui mènerait ses partisans sous le feu de l'ennemi. Le Fossoyeur, qui savait très bien que ses admirateurs aristocrates et bourgeois ne risquaient pas, eux, d'être envoyés au front, garda le silence.

— Je suis certain que nous pouvons faire entendre raison à Maître Glockenspiel, reprit Tyler. L'économie va déjà assez mal comme ça, s'il fallait en plus que les prolétaires partent à la guerre par millions... Et c'est sans compter les morts... Savez-vous quel était mon rôle à l'usine, dans mon ancienne vie ?

— Non, et peu importe, répondit le chef. L'empereur prend les décisions, je les applique et tu obéis. Maître Glockenspiel et ses conseillers savent ce qu'ils font.

Le chef distribua le plan de combat aux deux lutteurs, qui prirent leur congé. Dans le corridor menant au vestiaire, le Fossoyeur admit que l'enjeu de l'affrontement lui semblait démesuré.

— Mais ne t'en fais pas avec ça, ajouta le vétéran. À mes débuts, j'ai gagné une exemption de taxes pour les dix industriels les plus riches du royaume. Ça a duré deux semaines, je l'ai perdue au gala suivant. L'empereur veut probablement faire comprendre aux prolétaires que la situation est grave et qu'ils devraient se serrer les coudes au lieu de manifester. Je suis certain que tu pourras annuler la conscription dans quelques jours. Maître Glockenspiel n'est pas un fou.

De cela, Tyler était de moins en moins certain.

★

L'Artiste comprit que quelque chose n'allait pas dans le royaume lorsqu'il eut pour la première fois de la difficulté à acheter les hallucinogènes qu'il ingérait désormais du matin au soir.

Son revendeur n'avait pas frappé à sa porte depuis trois jours. Incapable de trouver l'inspiration dans un quotidien terne et sobre, l'Artiste – qui vivait désormais cloîtré – libéra sa rage en beuglant dans sa pièce d'écriture.

— Pourquoi l'univers est-il si cruel avec moi ? gémit-il en brandissant le poing.

Il n'acceptait pas d'avoir fait tout ce travail pour rien. Voilà des semaines qu'il magasinait les plus beaux meubles, peignait sur ses murs des couleurs à la mode, écoutait des musiques anciennes inspirantes… Non, il n'allait pas laisser une pénurie de drogue entraver sa démarche.

Le cerveau en manque, il s'habilla et sortit. Il lui fallait coûte que coûte trouver des narcotiques, quitte à se battre contre une bande de voyous intoxiqués.

Les rues du quartier bohème étaient anormalement calmes. C'était l'aube et une fine bruine perlait sur les vitrines opaques des bars fermés. Personne ne marchait sur les trottoirs, aucune bagarre entre partisans rivaux n'animait les ruelles. Aucun ouvrier, aucun musicien, aucun quémandeur. Aucune file devant les boutiques de personnalités.

Inquiet, l'Artiste se demanda s'il avait raté quelque chose d'important pendant sa réclusion. Il prit la route du centre-ville dans l'espoir de croiser quelqu'un qui pourrait l'éclairer.

Il mit une dizaine de minutes à se rendre aux abords de l'amphithéâtre de la Fédération. La scène qui s'offrit alors à ses yeux lui fit perdre contenance.

La rue principale était ensevelie sous un campement de prolétaires fâchés qui brandissaient des pancartes. Leurs slogans ne posaient pas de questions : ils exigeaient des actes.

Le commerce du centre-ville était exsangue. Pour faire battre le cœur de ce quartier vital, il ne restait que deux marchands de personnalités de luxe – dont l'un annonçait des soldes –, un embouteilleur d'air rare et une boutique d'hyperformance. Les portes des autres magasins avaient été placardées par leurs propriétaires ou défoncées par des émeutiers. Une vieille dame affalée sur le trottoir sous les néons brisés d'un bar à neutrinos haut de gamme se plaignait d'attendre l'ambulance depuis deux mois. Un groupe de militants de confession humaniste lui tenait compagnie en récitant des proverbes de pensée positive. Autour d'eux, des redingotes fripées jonchaient le trottoir, abandonnées par des petits-bourgeois incapables d'en assurer l'entretien.

Seule la marquise de l'amphithéâtre continuait d'éclairer le quartier de ses lettres vives et colorées. Un combat crucial devait y avoir lieu le soir même.

Les mains de l'Artiste se mirent à trembler. En tant qu'écrivain, son rôle était d'absorber les rêves et les préoccupations de sa société pour l'aider à se comprendre elle-même. Il devait être le témoin vers qui l'Histoire se tournerait pour analyser son époque. Or, trop occupé à créer dans son appartement, il avait tout raté de l'action des dernières semaines, et la pagaille qu'il avait sous les yeux signifiait que le temps pressait. Il devait publier son manuscrit le plus vite possible, sans quoi il risquait de ne jamais être lu.

Effrayé, l'Artiste songea à tout abandonner pour rejoindre les rangs de la manifestation. Mais son devoir de créateur le ramena rapidement à la réalité : les prolétaires avaient besoin de lui. Sa plume serait une bouée dans une mer agitée, une halte autoroutière pour des passagers aux jambes variqueuses, une tour de contrôle pour…

Il pinça les lèvres. Cette fois, ça y était.

L'Artiste retourna en toute hâte à son appartement et s'installa derrière sa table en quartz indestructible. Il saisit son crayon et traça les premières lettres de son manuscrit.

★

Adélaïde paniqua.

Elle était toute à s'émerveiller du scintillement d'une constellation lointaine quand son corps avait été traversé d'un mouvement lugubre. L'astre avait aussitôt compris la nature de la menace : elle était en train de se disloquer.

L'orbite d'Adélaïde la rapprochait dangereusement du soleil. Plus elle en était près, plus la chaleur stellaire chauffait son cœur de glace. L'eau fondue ainsi libérée finissait par bouillir et appliquait une pression croissante sur la pierre. Le phénomène creusait de petites failles qui finiraient par faire éclater son corps en un milliard de fragments. Alors Adélaïde mourrait.

Seule. Et inconnue.

Adélaïde ne savait pas combien de temps il lui restait avant la catastrophe. Elle ne pouvait que continuer à tomber vers le soleil en appréhendant son destin. Après sa dislocation, ses fragments seraient expulsés du système planétaire et aucune trace de son existence ne subsisterait. Ni demain, ni dans un million d'années, ni à la fin de l'Univers.

Son existence n'aurait donc servi à rien ?

L'astre fut secoué par la gravité de la situation. Elle devait faire quelque chose.

C'est à ce moment qu'elle remarqua devant le soleil une minuscule tache sombre qui tournait paresseusement sur elle-même. Même si ce grain de poussière cosmique n'était qu'une ombre sur la surface aveuglante de l'étoile, Adélaïde y vit un ultime espoir.

★

Maître Glockenspiel insista pour sonner lui-même la charge. Il grimpa de peine et de misère dans la tour de guet surplombant le camp, empoigna la trompette de la vigie, gonfla ses poumons et souffla dans l'embouchure de l'instrument. Des coups secs et cuivrés retentirent dans l'air, et les soldats bondirent hors des tranchées pour attaquer leurs cibles.

Il ne fallut qu'une minute à Maître Glockenspiel pour admettre que la défaite serait cuisante.

Entre les branches touffues de la forêt, il vit la première ligne de fantassins tomber dans un grand trou creusé par l'ennemi et recouvert d'une bâche imitant les feuilles mortes et la terre noire. Les tanks qui suivaient furent forcés de s'arrêter, un délai qui permit à l'ennemi de lancer des milliers de papillons-kamikazes qui vinrent exploser sur leurs chenilles.

L'artillerie impériale balança ses premiers boulets par-dessus les arbres, mais l'ennemi se défendit en dressant vers le ciel un trampoline géant ; les masses noires et chaudes rebondirent sur la toile élastique et revinrent s'écraser près de leurs maîtres, détruisant leurs tentes et leurs canons. Les pilotes d'hélicoptère, aveuglés par des lasers maniés par des pointeurs d'élite, durent se poser d'urgence pour éviter des brûlures aux rétines. Les lance-flammes furent neutralisés par des boyaux d'arrosage à débit ultra-élevé et les mitraillettes s'enrayèrent en raison d'un sabotage commis la nuit précédente par une colonie de fourmis charpentières domestiquées.

Maître Glockenspiel avait peine à y croire. Il était certain qu'une trahison se cachait derrière ce fiasco ; l'ennemi avait riposté à chacune de ses attaques avec une efficacité désarmante.

Quelqu'un avait mis la main sur ses secrets militaires et les avait transmis à l'ennemi. Un membre de son cercle rapproché, forcément.

Sonné, l'empereur ordonna à une vigie de sonner la retraite et descendit les marches abruptes de la tour de guet. Alors qu'il était à deux mètres du sol, un papillon-kamikaze explosa tout près de son casque protecteur. Maître Glockenspiel perdit pied et son corps lourd s'effondra. Aux généraux venus le secourir, il n'adressa qu'une courte phrase :

— Ramenez-moi au palais.

★

Xanoto Archibal Theophilus recolla sa fausse moustache pour ne pas être reconnu par les manifestants massés au centre-ville. En tant que serviteur de l'empereur, il n'était pas le bienvenu parmi cette foule en colère. Il œuvrait pourtant pour leur salut, mais comment auraient-ils pu le savoir ?

Le serviteur prit le chemin de l'amphithéâtre, où il entra par une porte de service. Les gardiens de sécurité le saluèrent et lui proposèrent de l'escorter jusqu'au bureau du gérant de la Fédération. Xanoto refusa poliment. Il était là pour parler à Tyler.

Il le trouva dans sa loge. À quelques heures de son combat de championnat, l'ancien ouvrier semblait dépité.

Le serviteur se présenta.

— Nous nous sommes rencontrés quand tu as interpellé l'empereur au centre-ville, tu m'as fait mal paraître avec la montre de poche...

Le lutteur hocha la tête. Xanoto lui posa une question dont il connaissait la réponse.

— Hâte au combat?

Tyler ne répondit rien. Il fixa l'homme un moment, puis détourna le regard. Xanoto enchaîna:

— J'ai appris qu'on t'a demandé de perdre ce soir... et qu'on imposera la conscription aux prolétaires. Quelle tragédie! J'imagine que tu t'en fais pour la suite de ta carrière...

La pointe extirpa le gaillard de sa contemplation.

— Peu importe ma carrière..., laissa-t-il tomber. J'ai peur pour mes partisans. Ce sont eux qui paieront le prix de ma défaite. J'étais notificateur mortuaire avant, si tu savais ce que... Je suis si désolé de devoir leur faire cela.

Xanoto s'assit devant le miroir illuminé de la loge. Il jouait gros: un seul mot de travers pourrait faire dérailler son plan. Il se lança.

— Je vais te raconter une histoire. Ma famille sert les empereurs du royaume depuis des générations.

C'est mon arrière-arrière-arrière-arrière-grand-mère qui a été la première à recevoir les ordres d'un souverain. Depuis, les Theophilus se transmettent ce rôle prestigieux par héritage. C'est un honneur qui vaut davantage que bien des usines de création de richesse, crois-moi...

Tyler ne dit rien.

— Sais-tu comment mon ancêtre a gagné la confiance du souverain de son époque ? Nous n'étions jadis qu'une simple famille de prolétaires occupés à récurer les carreaux des salles d'eau du royaume... Un jour, toute l'équipe d'entretien ménager du palais tomba malade et notre clan fut appelé à la remplacer de manière temporaire. Mon arrière-arrière-arrière-arrière-grand-mère y vit une occasion inespérée d'entrer dans les bonnes grâces de l'empereur. Lorsque le ménage fut terminé, elle se planta dans le hall d'entrée, parfaitement immobile. Une note manuscrite était accrochée à sa veste. La voici...

Xanoto sortit de sa poche une carte jaunie recouverte d'un épais plastique. Il se racla la gorge et lut :

— « Monsieur l'empereur, avec votre permission, j'aimerais humblement prouver la sincérité du respect que je vous porte. Je resterai donc ici, sans bouger, jusqu'à ce que vous me jugiez digne de vous servir à temps plein. Soyez béni. Xylana Archibal Theophilus. »

Le serviteur rangea la note dans sa poche avec une délicatesse de neurochirurgien.

— Elle est restée immobile pendant vingt-deux ans, Tyler. Vingt-deux ans. Et son immobilité était totale. Dans le hall d'entrée, les modes allaient et venaient au gré des cycles économiques, les meubles et la couleur des murs étaient renouvelés tous les six mois, le plancher passait du marbre au bois, de la céramique au béton… Mais Xylana, elle, ne changeait pas. Elle se tenait debout, sans bouger d'un nanomètre, même lorsqu'une échelle ou un pot de peinture échappant des mains d'un ouvrier maladroit lui tombait dessus.

Pour appuyer l'effet dramatique, Xanoto marqua une courte pause.

— L'empereur fut si impressionné par la détermination de Xylana qu'à la mort de son serviteur habituel, il exauça son souhait. Et depuis ce jour, le poste civil le plus important du royaume est occupé par un Theophilus.

Intrigué par ce récit, Tyler se retourna pour faire face à son interlocuteur. Xanoto jubilait. Le moment était venu d'abattre sa dernière carte.

— Ce soir, pendant ton combat, tu auras toi aussi l'occasion de faire quelque chose d'historique. De faire un geste audacieux qui changera le cours de l'histoire.

Tyler observa Xanoto un long moment. Il pensait aux ouvriers morts dans les pressoirs de son ancienne usine, aux familles endeuillées auxquelles il avait rendu visite, à ses partisans qui seraient bientôt enrôlés de force pour être mitraillés dans les tranchées. Plus il y réfléchissait, plus il en avait assez d'être un rouage dans la machine à broyer les prolétaires qu'était devenu le royaume. Avait-il même jamais été autre chose?

Le lutteur posa la question que Xanoto attendait:

— Qu'as-tu en tête?

Chapitre VI

— Prolétaires, bourgeois petits et grands, aristocrates, militaires au front et artisans, bonsoir et bienvenue au gala de la Fédération de lutte politique! À mes côtés aujourd'hui pour l'analyse, une légende du royaume, un vilain coquin, un gentil fou, l'i-né-nar-rable... Roccoooooo le Locooo!

— Hé, hé, hé! Bonsoir, Jerry! Bonsoir, chers téléspectateurs!

— Rocco, c'est tout un combat qui nous attend.

— Oh que oui! Le Fossoyeur défendra son titre face à un challenger issu du Clan de gauche, et on peut s'attendre à une lutte absolument... féroce!

—Ah, ça! Il se battra contre Tyler, une vedette montante dans la Fédération. D'ailleurs, ha, ha, ha! pardon, mais veux-tu bien me dire d'où il sort? Il n'a pas dix combats à son actif, et le voilà en bonne position pour devenir premier champion du royaume.

— Jerry, je vais être honnête, tout le monde se pose la question! La semaine passée, quand il a pris sa revanche sur les trois Chenapans en les battant à lui seul, il a séduit bien des partisans! Il n'a pas beaucoup d'expérience et sa technique est rudimentaire, mais il a tout un corps, et un charisme, comment dire...

— Rayonnant !

— Et digne d'un champion, Jerry !

— Et il faut rappeler que l'enjeu est doublement important ce soir : en plus de la ceinture de premier champion, la conscription des prolétaires est sur la table !

— On joue gros, c'est certain, et d'ailleurs...

— Oh, attends, Rocco ! Les lumières s'éteignent dans l'amphithéâtre... La foule s'impatiente... On scande le nom de Tyler, et je... Le voilà ! Tyler apparaît sous l'écran géant, mesdames et messieurs ! Il a... ma foi, il a l'air si stoïque ! Il salue ses partisans, marche vers le ring... Il semble préoccupé, comme inquiet...

— Ça, ça ne lui ressemble pas... C'est sûrement la pression. Moi aussi, je serais nerveux si j'avais l'occasion de sortir d'ici avec la ceinture dorée !

— Et l'annonceur présente le Fossoyeur, qui fait son entrée sur la passerelle. La foule le hue copieusement. Rocco, dis-moi, ça peut affecter le Fossoyeur, toute cette haine ?

— Pas un champion de sa trempe, Jerry. Le Fossoyeur en a vu d'autres. Ça prendra davantage que des insultes pour le battre !

— Le voilà d'ailleurs qui s'avance vers le piédestal du président du ring. Il toise l'officiel et lui dit quelque chose... J'essaie d'entendre ce que... Oh ! Il menace le président de sévices graves en cas de mauvais jugement !

— Quelle effronterie, quelle impudence !

— En effet ! Il faut être confiant en ses moyens pour s'en prendre au responsable du code d'éthique... Enfin... Le Fossoyeur se glisse sur le ring. Nos deux pugilistes sont au centre de l'arène. L'arbitre procède au rappel des règles... La tension est à son comble ! J'ai rarement vu un moment aussi intense, on voit la haine dans leurs yeux.

— Je pense que ce sera historique, Jerry !

— La cloche sonne ! Bon combat à tous ! Les deux lutteurs s'agrippent, première épreuve de force... Et Tyler décroche une bonne droite ! Il enchaîne un coup de pied au ventre, encore, gauche au visage. Il saisit le Fossoyeur, l'envoie dans les câbles et boum ! Corde à linge ! Tyler s'élance et... descente du coude ! En plein sternum ! Le Fossoyeur se tord de douleur...

— Un début de combat prodigieux ! J'aime beaucoup l'agressivité de Tyler. Il a le couteau entre les dents !

— Il saisit sa chance, en effet. Le voilà qui tente une clé de bras... mais le Fossoyeur se libère. Ils se relèvent, les pugilistes s'étudient un peu... Tyler s'avance. Encore la droite, mais c'est bloqué ! Et le Fossoyeur contre-attaque ! Oh ! Les taloches pleuvent, Tyler a du mal à se défendre, il vacille. Coup de pied au menton ! Tyler est au sol, le Fossoyeur le relève. Il le saisit à la taille et... souplesse réussie !

— Quelle technique de la part du vétéran ! Sa prise était fantasmagorique, Jerry ! Fantasmagorique !

— Ohhh ! ça a fait mal... Tyler a le souffle coupé, il s'accroche aux câbles pour se relever, mais le Fossoyeur l'agrippe par les cheveux. Tentative d'étranglement, Tyler résiste. Le Fossoyeur réessaie, la prise ne tient pas. Tyler le repousse, le Fossoyeur se rapproche... Et Tyler est renvoyé au tapis par un coup de pied ! Le Fossoyeur nargue la foule... Oh, il envoie promener les partisans au balcon ! Les huées retentissent ! Quelle outrecuidance !

— Il suit son plan de match, il doit jouer dans la tête de Tyler... et lui enlever l'énergie de la foule.

— Le Fossoyeur retourne vers son adversaire. Il l'envoie dans les câbles... et paf ! Coup de pied à la volée ! En plein visage ! Paf ! Paf ! Paf ! Quel choc !

— L'écho de ce coup résonnera dans l'aréna pendant des années !

— Et la foule hue de plus belle. On entend des encouragements pour Tyler, qui est en difficulté. Le Fossoyeur se lance sur lui et le roue de coups à poings fermés ! Mais c'est... L'arbitre intervient et sert un avertissement au premier champion.

— Seuls les coups à main ouverte sont permis, Jerry. C'est une règle de base du code d'éthique.

— Le Fossoyeur argumente, le président prend des notes sur son piédestal... Mais il savait ce qu'il faisait, Rocco. Il veut déstabiliser son adversaire.

— Oui, il connaît tous les trucs.

— Le Fossoyeur retourne vers Tyler, il le relève et... Oh, non ! Tyler reçoit un doigt dans l'œil !

— C'est dangereux, ça...

— L'arbitre sert un autre avertissement au Fossoyeur... Il s'obstine, plaide qu'il n'a rien fait... Et la foule proteste ! Regarde-moi ce sourire baveux, Rocco, regarde ! Le Fossoyeur se nourrit de la haine des prolétaires ! Tyler se relève péniblement, le champion l'agrippe, le lance dans les câbles... et Tyler esquive la corde à linge ! Tyler rebondit, il saisit le Fossoyeur à la gorge et... boum !

— Le jeté par la gorge, le jeté par la gorge ! Quel revirement ! C'est tout à fait thaumaturgique ! Thau-ma-tur-gique !!

— L'effort était énorme ! Les deux lutteurs sont au sol, le Fossoyeur est sonné, Tyler est épuisé. Il fait signe à la foule... il réclame son aide... Les prolétaires gueulent et scandent des slogans contre l'armée... On ne s'entend plus penser !

— Quoi ?

— Les partisans l'encouragent... et ça fait son effet ! Tyler grimace, mais il se relève ! Oh qu'il semble avoir mal, il se tient les côtes... C'est pénible ! Mais il se relève ! La foule est en extase ! Tyler titube vers le champion. J'ai l'impression qu'il va tenter une manœuvre spectaculaire. Il s'approche... Ohhh ! le Fossoyeur donne un coup en bas de la ceinture ! Quel manque de classe ! Tyler s'effondre !

— Le président du ring pourrait le disqualifier, mais il se contente encore de prendre des notes !

— Un vrai fourbe ! Le Fossoyeur se relève et... Non, déjà ?! Il grimpe sur le troisième câble ! Il envoie des baisers sarcastiques à la foule. Oh ! il ne se fera pas d'amis ce soir... Le Fossoyeur saute ! Descente de la cuisse du troisième câble ! Tyler est au pays des rêves !

— Je pense que c'est la fin, Jerry.

— Le Fossoyeur se dépêche, l'arbitre fait le compte... Un... deux... Tyler se libère ! Il était à une demi-seconde de la défaite ! Le Fossoyeur est en furie contre l'arbitre. Il l'insulte en relevant Tyler... Un coup de coude, deux coups de coude, et de trois ! Tyler veut s'effondrer, le Fossoyeur le retient, et il le lance entre les câbles ! Tyler est à l'extérieur du ring, inconscient !

— On sait qu'il a dix secondes pour remonter, sinon c'est la défaite.

— Mais le Fossoyeur va le rejoindre, et... mais... Que fait-il ? Il soulève la jupe du ring... La faucille et le marteau ! Il brandit la faucille et le marteau ! Il ne va pas... tout de même... Coup de marteau sur le front ! Et la faucille qui déchire les pectoraux de Tyler ! Oh ! le challenger saigne abondamment !

— Quelle insulte du Fossoyeur ! Battre Tyler avec les symboles de son propre clan... Aucun respect ! On en reparlera longtemps, crois-moi.

— La foule réclame une intervention du président, mais celui-ci fait signe qu'il n'a rien vu ! Franchement ! Il faut croire que l'intimidation du Fossoyeur fonctionne ! Le compte est de huit, neuf... Le Fossoyeur relance Tyler sur le ring, on dirait qu'il veut en profiter. Il y a du sang partout. C'est le festival de l'hémoglobine!

— Je n'ai pas vu un combat aussi violent depuis que l'Agriculteur affamé a écrabouillé le Cartel du blé avec sa moissonneuse-batteuse. Ce n'était pas beau à voir!

— Ah oui, Rocco, je m'en souviens! Le combat n'avait-il pas été arbitré par Alessandro la Bourrique? Enfin... Le Fossoyeur s'amuse en ce moment. Pour lui, c'est comme une promenade de santé! Il opte pour une clé de tête. Tyler a du mal à rester debout. Ses genoux plient... et le voilà par terre. Le Fossoyeur tente le compte... Un... deux... Tyler met le pied sur la corde! Le compte s'arrête!

— Le champion pensait vraiment qu'il en avait terminé. Mais Tyler est coriace. Rocambolesque!

— Le Fossoyeur se relève, il fait... Oh! il fait le symbole de la compression! Sa prise de finition! Il tente le tout pour le tout! Il danse en riant autour de Tyler, prend son temps... Il le nargue, se retourne vers le balcon, fait un doigt d'honneur... Et il s'élance! Il bondit dans les câbles une fois, deux fois, saute... et Tyler roule! Il a évité la compression!!!

— Mais, mais, mais! Où a-t-il trouvé l'énergie? Incroyable!

— Le Fossoyeur gît sur le ring, il est sous le choc... Les deux adversaires se relèvent péniblement. Tyler semble reprendre des forces. Il agrippe le Fossoyeur par les épaules, ça se chamaille un peu... Personne ne semble prendre le dessus et... Oh, mon Dieu!

— OH-MON-DIEU!!!

— Je n'y crois pas! Tyler vient d'assommer le Fossoyeur d'un coup de poing dévastateur! Directement sur la mâchoire!

— Quel impact fracassant! Destructeur!

— J'ai vu une dent voler jusque dans les estrades! Le Fossoyeur est inconscient sur le tapis, il est K.-O. C'est à se demander s'il n'est pas mort! Mais, euh... je... c'est étrange, ce n'était pas prévu.

— Pardon, Jerry?

— Légal, je veux dire. C'est étrange, ce coup n'était pas légal. Parce que... euh... on ne peut frapper qu'avec la main ouverte. C'est ce que je voulais dire. Et maintenant, Tyler se couche sur le Fossoyeur et y va pour le compte! Je... Franchement, je ne sais pas si... L'arbitre regarde en direction du président du ring, il semble pris au dépourvu. La foule s'impatiente. L'arbitre se met enfin en position et... Un... deux... trois! La cloche retentit, Tyler a gagné!

— Quel revirement spectaculaire, inimaginable!

— L'excitation est à son comble dans l'amphithéâtre, la fête bat son plein dans les sections populaires, j'ai rarement vu autant de joie!

— Ça me rappelle le référendum sur la stratégie énergétique qui...

— Attends, Rocco, attends... Le président du ring vient de sauter dans l'arène! La foule se calme, on sent son inquiétude… Le président a un micro dans les mains, écoutons ce qu'il a à dire.

— Tyler, Tyler… En tant que gardien du code d'éthique, je dois intervenir. Tu as frappé le Fossoyeur avec ton poing fermé. C'est formellement interdit. Tu es donc… disqualifié! Mesdames et messieurs, le gagnant du combat, et votre premier champion, le Fossoyeur!

— Regarde ça, Rocco! Le président soulève la main du champion, qui est toujours inconscient au milieu du ring. Quelle scène surréaliste! J'entends des protestations de la foule…

— Je ne serais pas surpris si… Aïe! Ouch! Jerry, un partisan m'a lancé une bouteille sur la tête! Hey! hey! toi, viens ici!

— Jerry, je ne crois pas que ce soit le temps de pourchasser… Non, attends, reste ici… Je… Ah bon! Jerry est dans la foule, il cherche le coupable. Mais il se fait encercler par des partisans en colère! Une engueulade éclate et… Oh! Regardez sur le ring, Tyler se colletaille avec le président, il y a une bousculade! Et… Horreur! Des spectateurs sautent dans l'arène! Ils viennent défendre Tyler, ils s'en prennent au président! J'entends des slogans du Clan de gauche, les gens crient à l'injustice! C'est le chaos, ici, le chaos total!!! Oh, l'écran géant vient d'être fracassé! Et je vois de la fumée sous la passerelle, il y a un début d'incendie! La situation devient incontrôlable… Ça y est, ça y est, ça y est: il y a une émeute dans l'amphithéâtre! Une ÉMEUTE!!!

★

Valentina n'attendait plus que l'apparition des émeutiers dans la rue pour passer à l'action. Elle fit signe à El Diablo, qui sortit un porte-voix et une brique d'un placard de l'appartement. Le duo alla se fondre dans la masse en colère.

Des partisans enragés par le résultat du combat s'unirent aux manifestants qui campaient devant le temple de l'Oracle. Des slogans fusèrent et un fumigène s'abattit en sifflant près des portes vitrées du sanctuaire. Valentina ne perdit pas de temps et grimpa sur un monceau de déchets. Dans sa main gauche, le porte-voix. Dans la droite, la brique. Elle cria :

— Prolétaires, révoltez-vous ! La Fédération de lutte politique n'est qu'un leurre, une manipulation ! Les combats sont écrits d'avance, tout est décidé par Maître Glockenspiel ! Il veut vous forcer à aller en guerre ! Sus à l'empereur ! Sus à l'empereur !

Lorsque tous les yeux se furent tournés vers elle, Valentina pivota et lança la brique dans les portes vitrées du temple, qui éclatèrent sous les applaudissements de la foule. Deux secondes plus tard, un deuxième projectile lancé par un émeutier fracassait une fenêtre du rez-de-chaussée.

Bien vite, les pierres volaient par dizaines vers le bâtiment sacré.

Valentina et El Diablo sprintèrent vers le palais de Maître Glockenspiel, dans le quartier aristocrate. Ce qu'ils y virent était presque trop beau pour être vrai. Tout autour du domaine impérial, des émeutiers escaladaient la clôture de pierre blanche en entonnant des chants révolutionnaires.

★

Couché dans son lit, un épais bandage autour du crâne, Maître Glockenspiel se plaignait d'un violent mal de tête. Xanoto s'apprêtait à appeler son marchand de bien-être lorsque les premiers vandales apparurent sur le terrain du palais.

En entendant leurs cris de rage, Maître Glockenspiel devina que son royaume était en train de s'écrouler.

L'échec de son offensive militaire était cuisant et l'ennemi, ragaillardi par une victoire si aisée, n'allait sûrement pas tarder à attaquer de nouveau. Sans l'Oracle, il n'y avait aucune chance que l'économie soit relancée. L'empereur venait aussi d'apprendre que le combat de la Fédération sur lequel il comptait pour mobiliser les prolétaires avait été saboté. Et voilà qu'une émeute faisait rage dans les rues du centre-ville et venait même jusqu'aux portes de son palais !

— Au moins, Xa, vous êtes toujours là. Je peux compter sur votre fidélité absolue, n'est-ce pas ? Votre famille sert les empereurs depuis des générations… Vous n'êtes pas de ces laquais mesquins qui grenouillent en coulisses pour nuire aux intérêts de leur souverain. Le comble, vous en conviendrez, serait d'être abandonné par mon plus proche collaborateur.

Xanoto ne répondit pas. Il réprima un frisson d'inquiétude en songeant que Maître Glockenspiel avait peut-être des soupçons à son égard. Il pensa aux femmes des officiers transformées en vaisselle. Quelle punition l'empereur réserverait-il à un authentique traître ?

Le serviteur se ressaisit : les deux soldats de Rufus Z. qu'il avait rencontrés quelques heures plus tôt étaient censés l'attendre à l'extérieur du palais pour l'escorter en lieu sûr. Il lui suffirait de s'enfuir par une fenêtre lorsque les vandales arriveraient pour retrouver le commando. Dans quelques jours, une fois la poussière retombée, il reviendrait au palais auréolé de son titre d'empereur d'urgence, et prendrait les rênes du royaume.

C'était presque terminé. Il suffisait de s'accrocher encore quelques instants.

Maître Glockenspiel s'agita soudain.

— Vous savez, au fond de moi, j'ai toujours su que mon règne s'achèverait ainsi. Dans la violence. Dans l'anarchie. Dans la destruction.

Il grimaça en se redressant sur son lit.

— J'avais des scénarios plus romantiques en tête. Mais un bon souverain sait s'adapter aux événements imprévus.

Un fracas épouvantable en provenance du hall parvint à leurs oreilles. Des cris de joie se mêlèrent à des appels au meurtre. Puis, des pas nombreux firent craquer le long escalier de bois menant aux appartements privés de l'empereur.

— Si j'ai échoué, Xa, je ne vois pas comment un autre pourrait réussir. Il faut partir sur de nouvelles bases. Il faut un canevas neuf, une toile vierge sur laquelle un autre génie pourra peindre un monde à son image.

Maître Glockenspiel se leva péniblement et s'approcha de sa collection d'armes atomiques. Il ouvrit la porte blindée et, ému, alla extirper Klaria de son écrin. La bombe portait les marques de la récente colère de son propriétaire, mais semblait toujours en parfait état de marche.

— Ma pièce maîtresse... Pour exploser, Klaria doit d'abord s'effondrer sur elle-même. Je trouve ça poétique, Xa. Beau, même.

Le serviteur commençait à avoir peur. Maître Glockenspiel était-il sérieux? Était-il fou au point d'entraîner le royaume avec lui dans sa chute?

—Vous êtes fatigué, Maître. Je suis certain qu'ensemble, nous traverserons cette épreuve.

Maître Glockenspiel dévisagea son serviteur en déposant Klaria sur le sol. Puis, faisant fi de la douleur, il bondit en grognant et saisit Xanoto par le col.

— «Ensemble», Xa? Eh bien! Quel culot! Vous pensez que je n'ai pas senti votre poignard dans mon dos? Me sous-estimez-vous à ce point, espèce de vipère? Depuis quand m'espionnez-vous pour le compte de l'ennemi ? Et qu'avez-vous dit à Tyler pour qu'il trahisse mes ordres ?

Les genoux de Xanoto flageolèrent, mais l'empereur le retint d'une poigne ferme.

C'est à ce moment que les émeutiers parvinrent à la porte de la chambre. Celle-ci trembla sous leurs coups déterminés, puis céda.

Tout se passa alors très vite. Maître Glockenspiel arma le détonateur de Klaria. Xa sauta vers lui pour l'empêcher d'appuyer sur la détente. Au même moment, des vandales envahissaient le bureau et entamaient sa destruction. Une lutte au corps à corps s'engagea entre le serviteur et son maître, qui roulèrent au sol tandis que les intrus cassaient les fenêtres et jetaient des cartes militaires dans le feu de la cheminée.

Soudain, se répandit dans le palais une lumière si vive qu'elle en éclaira toutes les pièces, du grenier aux catacombes.

Une blancheur brûlante inonda le bâtiment comme l'eau d'un barrage fissuré qui engloutit les villages d'une vallée. Un tsunami de photons transperça les paupières fermées et noya les nerfs optiques. Les vandales cessèrent leur saccage et placèrent leurs mains devant leur visage. Maître Glockenspiel hurla de douleur sur le sol ; Xanoto courut se réfugier dans le placard à bombes nucléaires. Elles étaient toutes intactes.

C'est alors que survint la catastrophe.

★

Voguant à cent kilomètres au-dessus du royaume, Adélaïde glissa un instant sur la frontière qui séparait son monde de celui des humains. Elle pivota sur elle-même pour plier la courbe de sa trajectoire, qui fut brisée par l'attraction terrestre.

Puis, Adélaïde quitta sa vie millénaire et plongea vers la mort.

Les gaz de la stratosphère caressèrent son corps et léchèrent son enveloppe. Des couples atomiques oxygénés en pénétrèrent les fentes et en labourèrent la pierre. Sa glace surchauffa et céda à la résistance atmosphérique. Une traînée de vapeur enflait derrière elle, annonçant sa chute aux yeux du monde.

Les assauts de l'air doublèrent. Le roc d'Adélaïde fut strié par le fouet du vent fou. Ses parois agressées l'abandonnèrent, découvrant un cœur bientôt en miettes. Sa tête sombre devint un brillant petit soleil. Sa matière chauffée à blanc se vida en vomissant un hurlement qui voyagea à la verticale vers les champs verts.

L'air poreux des hautes altitudes gagna subtilement en densité et devint de plus en plus difficile à fendre.

Soudain, un choc claqua dans le ciel.

C'est alors que le corps d'Adélaïde finit de se disloquer. Dans la douleur extrême advint une étrange jouissance.

Les morceaux de l'astre volèrent comme des missiles balistiques vers leurs cibles innocentes. Ses miettes mitraillèrent le sol en y creusant des tranchées. Filant à une vitesse supersonique, son fragment le plus imposant fonça vers le centre d'une ville aux bâtiments fiers. Ses habitants eurent à peine le temps de lever les yeux pour constater l'imminence du drame ; leurs oreilles furent détruites par le souffle de la déflagration, puis leurs corps se liquéfièrent.

Le scalpel du dernier fragment d'Adélaïde trancha l'enveloppe d'un appartement du quartier bohème décoré avec un goût exquis et une passion maniaque. Assis derrière sa table en quartz indestructible, l'Artiste n'eut pas conscience de sa mort : le bolide cosmique fit fondre son corps en un dixième de seconde.

Une colonne de débris bondit du point d'impact jusqu'aux confins de la stratosphère. Quelques particules de poussière enflammée échappèrent aux chaînes de la gravité et entamèrent un voyage éternel dans l'espace intersidéral.

Adélaïde était enfin parmi les étoiles.

★

Le royaume devint un hiver cendré.

Le squelette d'acier du centre-ville se tordait parmi les lambeaux de béton. Une couverture blanche recouvrait son corps encore secoué de spasmes. Des survivants traumatisés giclaient des artères trouées, leurs plaintes se mêlant aux flocons de peau qui dansaient sous le vent brûlant.

Maints édifices grandioses avaient été annihilés. À l'horizon, les cheminées fracturées des usines étaient pliées en un angle douloureux, leurs entrailles suant d'ultimes gouttes de sueur. Les corps inertes de prolétaires malchanceux fixaient le spectacle de leurs yeux immobiles.

Le toit arraché de la salle de concert s'était abattu sur la Tente de la charité et en avait râpé les kiosques vides. La marquise de l'amphithéâtre s'accrochait à la façade, d'impressionnants éclairs jaillissant de ses circuits. Les colonnes du temple de l'Oracle étaient toujours debout, mais elles n'avaient plus rien à soutenir, sinon des souvenirs ; dans les ruines de l'antichambre, les feuilles vertes de l'arbre à argent brûlaient d'un feu couleur d'automne, leur richesse dégoulinant en sève chaude le long du tronc.

Certains parcs n'étaient plus que des lacs de roche en fusion.

Le palais de Maître Glockenspiel était strié de fissures, comme s'il avait été soulevé de son socle et jeté sur le sol. Les clôtures de son périmètre n'avaient plus rien à protéger ; des gardes apeurés s'accrochaient à d'absurdes points de contrôle en attendant des ordres qui ne viendraient jamais.

À l'intérieur des murs, dans la chambre fortifiée du palais, des corps gisaient pêle-mêle parmi les éclats de vitre. Des rigoles rouges couraient sur le plancher craquelé.

Quelques vandales hagards se relevèrent.

Devant eux se trouvait Maître Glockenspiel, couché, immobile, plié en deux. Intact. L'empereur resta inconscient de longues minutes, son esprit marchant en funambule sur un fil tendu au-dessus de la mort.

Un mouvement secoua soudain ses membres. Lentement, le souverain se releva et essuya la poussière qui couvrait son visage. Il eut le réflexe de chercher son sceptre, mais il n'en eut pas la force. Sa silhouette s'avança plutôt vers la plaie ouverte d'un mur donnant sur l'extérieur. Ses yeux découvrirent les blessures de son royaume. Maître Glockenspiel comprit que son règne était terminé.

Chapitre VII

Un vent froid sifflait entre les feuilles. Un croissant de lune réfléchissait de timides rayons sur la forêt. Les langues de torches enflammées dansaient au rythme de leur propre crépitement. Tout près, le grondement d'une rivière grattait le fond de l'air.

Valentina était de retour chez elle.

Assise sur une pierre, sa carabine armée posée sur ses genoux, la soldate surveillait les environs, prête à épauler.

Derrière elle, à l'intérieur du périmètre des torches, se dressaient les tentes d'un village érigé sur les lieux mêmes de son enfance. Quelques dizaines de survivants y dormaient. Il y avait El Diablo, qui s'était révélé étonnamment résilient après la catastrophe. Il y avait aussi Rufus Z., sa fille et son petit-fils, Antonio.

Et il y avait surtout Victor, son frère, rescapé alors que son quartier était pris d'assaut par une bande de voyous à la recherche de richesses à piller.

Tous ces gens vivaient en autarcie depuis la tragédie. Ils avaient développé un embryon de système agricole grâce auquel ils espéraient faire pousser des légumes et des céréales. En écumant les ruines des usines et des quartiers prolétaires, de petites équipes étaient parvenues à récupérer des outils, des vêtements et de la nourriture en conserve.

Parmi ces trouvailles, celle qu'avait faite El Diablo était la plus singulière. Le jeune soldat avait déniché, parmi les décombres d'un appartement du quartier bohème, un fragment de manuscrit aux contours brûlés. Le document avait probablement été protégé du choc par la table en quartz indestructible qui avait servi de bureau à son propriétaire. Seuls deux mots y figuraient :

«... les rhododendrons.»

On avait accroché l'artefact sur un autel de bois entouré de fleurs violettes en carton. Le rhododendron était ainsi devenu le symbole du camp. Un drôle de pari circulait même à son sujet : la première personne à en dénicher un spécimen vivant obtiendrait double ration pendant une semaine. C'était stupide, mais ce symbole leur permettait de garder espoir.

Quand elle repensait aux dernières semaines, Valentina ne savait pas si elle devait se réjouir ou pleurer. Elle qui avait été au cœur du renversement du système de Maître Glockenspiel, voilà qu'elle était exaucée. Le souverain avait disparu, et son royaume en décadence achevait de se décomposer dans le chaos fumant causé par la météorite.

Mais le vacuum provoqué par la catastrophe était plus effrayant que tout ce qui l'avait précédée. L'armée en déroute, l'économie écroulée, les usines fracturées :

il ne restait plus de charpente sur laquelle rebâtir la société libérée dont Rufus Z. et ses co-conspirateurs avaient rêvé.

Un hibou hulula. Des branches s'agitèrent sous le poids d'un mammifère non identifié. Des pattes fuyantes grattèrent la terre en entamant un sprint de survie. Puis, le calme revint. Le son de papier sablé du cours d'eau continuait de ronchonner aux alentours.

C'est alors qu'une silhouette bondissante apparut sur une souche à dix pieds de Valentina. La soldate reconnut le chant rauque et irritant d'un ouaouaron. Elle aperçut la bestiole aux cuisses surdimensionnées et s'en approcha prudemment. Immobile sur la souche, le batracien poursuivait son solo.

Valentina sortit un petit sac de toile de sa poche. En un geste, elle bondit vers le ouaouaron, saisit son corps gluant et l'enferma dans le sac. L'animal protesta en agitant furieusement les pattes arrière, mais cessa toute résistance une fois serré le cordon de la pochette.

Antonio allait apprécier la surprise quand il se réveillerait.

Valentina reprit son poste. Désormais, elle surveillait davantage qu'une ligne imaginaire. Elle prenait soin des siens, de son clan. Ils avaient besoin d'elle comme elle avait besoin d'eux.

Par réflexe, elle vérifia que sa carabine était chargée. Elle s'assura que son couteau était dans sa poche et que sa lampe était bien accrochée à son ceinturon.

Tout était à sa place.

*

Les jours qui suivirent l'impact, Tyler reprit sa marche en attaquant d'abord les quartiers dépecés et les rues fissurées du centre-ville, puis les champs abandonnés de la campagne et les arbres cassés de la forêt. Il croisa des morts aux yeux gélatineux qui fondaient sur le sol et des survivants qui murmuraient « Chacun pour soi… » quand on les appelait à l'aide.

Au bout de quelques semaines, il traversa une large étendue d'eau à bord d'une barque abandonnée sous un quai de bois pourri. Dans l'embarcation se trouvaient un sac vide assez grand pour contenir une personne et des cordes ; il utilisa ces étranges items pour dormir confortablement et pêcher ses repas.

En débarquant sur l'autre rive, Tyler réalisa qu'il était à quelques kilomètres de son point de départ.

Le quartier industriel qu'il connaissait si bien suffoquait sous la poussière. Ses bâtiments éventrés gémissaient. Leurs puissantes lumières blanches éclairaient futilement les périmètres clôturés, et leurs systèmes d'alarme offraient une protection pathétique aux restes de barbelés.

Tyler s'approcha de la guérite de son usine. La barrière de bois était toujours en place. Le grand gaillard effleura du doigt la peinture rouge et blanche qui s'écaillait.

Il venait de compléter un tour du monde.

Tyler enroula ses doigts autour de la barrière et y resta accroché quelques minutes. La fatigue accumulée des dernières semaines tomba sur ses épaules d'un seul coup.

Soudain, une ombre surgit de derrière la guérite : le gardien de l'usine.

— Tyler ? Tu es vivant !

Le gardien sautillait de joie.

— Tu as survécu, notre héros a survécu ! Oh ! Tyler, si tu savais ce que tu représentes pour nous !

Le gardien enlaça son corps musclé en l'inondant de qualificatifs flatteurs, tels que « vedette du royaume », « idole des prolétaires » et « icône de la classe ouvrière ».

— Les gens seront si heureux de connaître ton histoire. Tu es une légende, Tyler, une vraie ! Tout le monde a suivi tes combats ! Ah ! ce Fossoyeur... Dis-moi, que s'est-il passé à la fin ?

Tyler eut un mouvement de recul.

— J'ai fait ce que je pouvais. C'est tout. Maintenant, je veux être tranquille.

Incrédule, le gardien regarda Tyler s'éloigner et s'engouffrer dans les ruines de l'usine. Il chercha les mots pour le retenir, mais n'en trouva pas. Il se contenta de lui lancer une invitation.

— Notre camp est par-là, tu le trouveras facilement. Nous t'attendrons, Tyler !

Le demi-dieu ne se retourna même pas.

Tyler gravit les escaliers chambranlants qui menaient aux vestiaires. L'acier des casiers gris brillait à la lueur des quelques ampoules encore accrochées à leur fragile chaînette d'argent. Le plancher de béton fariné était jonché de pépites métalliques ; l'armoire sur laquelle les ouvriers déposaient naguère leurs sandwichs à la moutarde gisait au sol, tordue, ses boulons expulsés dans toutes les directions.

Tyler marcha vers son casier. Le milieu de sa porte était marqué par une profonde dépression, résultat d'un contact brutal avec un débris quelconque. L'ancien ouvrier égrena la combinaison de son cadenas et la porte s'ouvrit en grinçant. Sa chemise de travail et ses bottes de sécurité l'attendaient. Tyler se changea, selon une chorégraphie mille fois répétée. Il sentit une certaine détente envahir son corps, des épaules aux orteils.

Une fois le casier refermé, le gaillard claudiqua vers la salle des pressoirs, ses bottes jouant du xylophone sur les escaliers en fer. Tyler sifflota pour les accompagner.

Le plafond de l'entrepôt était en très mauvais état. Des serpents de fils dénudés crachaient des éclairs venimeux le long des murs. D'épaisses volutes de fumée survolaient la scène à la recherche des derniers centimètres carrés à salir.

Tyler descendit de la passerelle et retrouva sans peine le chemin de son pressoir. Il était amoché – une poutre de béton avait creusé une profonde balafre sur le couvercle transparent –, mais toujours en état de marche. Tyler ferma les yeux et souffla sur la poussière qui recouvrait la machine. Le mécanisme d'accès se dévoila, ses pièces sophistiquées toujours imbriquées en un engrenage efficace.

La porte hermétique du pressoir s'ouvrit en laissant échapper une poche d'air. Tyler s'engouffra dans l'appareil et épousa les formes du coussin molletonné auquel il avait eu droit en raison de son ancienneté. La sensation du contact avec le siège acheva de clouer une émotion de plénitude, un sentiment de liberté totale dans son esprit.

L'ouvrier referma la porte et actionna le pressoir. Il sentit le doux ronronnement du système hydraulique qui, encore endormi, bâillait en étirant ses pistons. Les plaques se mirent à presser le corps du travailleur de plus en plus fort. Une goutte de sueur fut expulsée du pressoir. Sur le cadran de l'appareil, l'aiguille rouge entra dans la zone dangereuse. Tyler prit une profonde inspiration et augmenta la pression au maximum.

★

Tel que convenu dans la dernière résolution du Conseil d'administration, Xanoto Archibal Theophilus devint empereur d'urgence au moment où Maître Glockenspiel quitta le palais royal en abandonnant son sceptre. Son premier geste en tant que souverain fut de libérer les femmes transformées en vaisselle par son prédécesseur.

L'opération fut difficile, puisque le menuisier musclé était porté disparu. Mais à force de tâter les boutons de la machine, Xanoto parvint à trouver le bon dosage et à rendre aux otages leur forme originelle. Ces dernières le remercièrent – quoique l'une d'entre elles se plaignît d'avoir servi de récipient à un potage aux poireaux, plat qu'elle détestait – et quittèrent le palais pour tenter de retrouver leurs maris.

La deuxième décision du nouveau souverain fut de lancer une expédition pour retrouver John R.T.S. Smithson Sr. Or, comme il n'y avait plus de soldats à qui donner des ordres, le commando fut formé d'une seule personne : Xa lui-même.

C'est donc en sa qualité d'empereur intérimaire que l'ancien serviteur se mit en route vers ce qui avait été, encore tout récemment, le quartier aristocratique. La sécurité y était toujours précaire ; des hordes de citoyens affamés détroussaient régulièrement les rares badauds qui osaient se balader dans les rues. Mais Xanoto n'avait pas peur : il avait avec lui le sceptre fracturé de Maître Glockenspiel, et il se promettait de le brandir fièrement à la face du premier filou qui lui chercherait noise.

Balayant les rues avec le faisceau de sa lampe de poche, Xanoto progressait à un bon rythme. Il dut néanmoins emprunter un détour quand il croisa une fontaine à redistribution écroulée – plutôt que de la richesse, c'est une sève malodorante et gluante qui s'échappait de ses gicleurs, probablement un résidu de bitume.

Il longea un moment le palais émietté de Maria-Claudius III. Le corps de la pauvre dame gisait sans vie devant la porte principale. Sa tête était aplatie sous les vestiges d'un pot de céramique rempli de terre noire et de bégonias décolorés. Malheureux accident ou exécution sommaire ? Xanoto n'aurait su le dire.

La résidence de John R.T.S. Smithson Sr n'avait pas été épargnée. Les gencives de ses fenêtres arboraient des dents de vitre tranchante, les bardeaux brûlés de son toit pelaient en se retroussant, et la brique rouge et râpeuse de sa façade était couverte de cloques grises. Xanoto tâta du pied l'escalier du portique, qui tint le coup. Il trouva la porte principale déverrouillée.

Un bruit sourd et régulier attira aussitôt l'attention du nouvel empereur, qui leva son sceptre en guise d'avertissement.

Poc ! Poc ! Poc !

Xanoto gravit les dix marches menant à l'étage. Il glissa en silence sur le parquet, jusqu'à atteindre la chambre à coucher de son co-conspirateur.

Poc ! Poc !

Xanoto entendit un grognement de satisfaction. Il ouvrit la porte.

John R.T.S. Smithson Sr était penché au-dessus d'une rangée de planches de bois, entouré d'outils de menuiserie. Sa main droite tenait un marteau. L'aristocrate tapa sur un clou et jeta un coup d'œil ravi par-dessus son épaule.

— Xanoto ! Venez, nous allons terminer ce mur.

L'empereur resta coi. Il détailla le corps amoché de l'aristocrate. Celui-ci portait une chemise tachée d'huile et de cendres sur laquelle serpentaient deux bretelles effilochées. Son visage était constellé de pustules. Ses mains bleuies et tremblantes étaient striées d'éraflures qui partaient dans toutes les directions.

— Monsieur Smithson Sr, vous êtes blessé…

— Appelez-moi John, je vous en prie. Eh oui, je suis blessé. Mais je suis vivant ! Ha ! ha ! ha !

John R.T.S. Smithson Sr éclata d'un rire dément.

— Regardez ces mains. Massacrées, humiliées… Mais elles bougent, elles bougent ! Et regardez ce qu'elles ont accompli !

L'homme d'affaires ouvrit les bras comme un magicien à la fin de son numéro. La chambre aux boiseries raffinées était sens dessus dessous : des chemises blanches déchirées recouvraient des planches éclatées, des moulures pendaient le long des fenêtres, un tabouret en miettes gisait près du lit défoncé, une peinture monochrome se tenait péniblement en équilibre près du foyer, l'armoire à roulettes était renversée au pied du garde-robe…

John R.T.S. Smithson Sr s'approcha d'un mur et tapota fièrement un bout de plâtre qui s'effrita.

— Comme tous mes ouvriers ont fui ou sont morts, j'ai pris en charge les rénovations de mon palais. Et le résultat se fait déjà sentir ! Ce n'est pas encore parfait, mais j'ai du temps devant moi.

L'aristocrate remarqua alors un clou qui dépassait du plancher. Il s'avança, coinça l'objet récalcitrant entre le pouce et l'index de la main gauche, souleva le marteau de sa main droite et tapa de toutes ses forces. L'outil s'écrasa sur sa phalange.

— Aïe! Je ne suis pas encore très habile... Mais j'apprends vite!

Xanoto se demanda où était passé le névrosé qui, encore tout récemment, n'acceptait pas de sortir de chez lui sans son armoire à roulettes. Il le questionna sur leur plan d'action.

— Avez-vous été en contact avec d'autres créateurs de richesse? L'Oracle a-t-il repris forme? Nous devons relancer l'économie rapidement si...

Smithson Sr l'interrompit en parlant très rapidement.

— L'Oracle m'a rendu visite avant-hier pour se plaindre de la destruction de son temple. Il a exigé qu'on le reconstruise sur-le-champ. Je lui ai dit qu'il n'avait pas d'âme et qu'il y avait d'autres priorités. Il s'est fâché et il est parti.

Xanoto était horrifié.

— Non, non, j'ai besoin de lui! Où est-il?

— J'ai cru l'entendre dire qu'il allait proposer ses services à l'ennemi.

Xanoto resta bouche bée devant la nonchalance avec laquelle son complice prenait cette information. Sans l'Oracle pour guider leur politique économique, la relance était en péril. Au moins, dans un geste étonnamment chevaleresque, l'ennemi avait suspendu sa contre-offensive militaire après l'impact de la météorite. De toute façon, il ne restait plus grand-chose à piller ou à conquérir dans le royaume.

De son côté, Smithson Sr ne semblait aucunement intéressé par ces sujets.

— Je ne suis pas mort, je ne suis pas mort... Je ne suis pas mort ! Toutes ces années, j'ai fui la douleur et les agressions. Il a fallu cette catastrophe pour me faire entendre raison. J'ai survécu ! Et j'ai maintenant un monde à reconstruire, Xanoto. Si seulement j'avais compris plus tôt ! Imaginez ce que j'aurais pu... Oh, regardez, cette poutre a besoin d'un bon coup de soudure !

John R.T.S. Smithson Sr saisit une torche et l'alluma sans mettre de gants ni de masque protecteur. Il s'approcha de la poutre et commença à l'arroser de feu bleu, chantonnant un air joyeux et laissant échapper des « Ouille ! » chaque fois qu'une étincelle venait s'écraser sur sa peau nue.

Xanoto en avait assez vu. Il salua son hôte et sortit de la maison en laissant son sceptre brisé pendre le long de sa cuisse.

★

Désabusé, le nouvel empereur traînait les pieds sur le chemin du retour. Il fut harangué par des voyous en haillons qui tournèrent autour de lui en se léchant les babines, mais garda la tête froide et poursuivit sa route sans laisser voir la peur qui grimpait en lui.

Il devait agir en souverain, avec grâce et assurance. Qu'importe si les vauriens ne s'adressaient pas à lui dans la stupeur et les tremblements idoines ; ce temps viendrait bien assez tôt.

Même si les murs du palais royal étaient si effrités qu'on y trouvait des trous larges comme trois hommes, Xanoto fit son entrée par ce qui avait toujours été la porte principale. L'arche de métal à l'avant était tordue, ridicule, et n'inspirait plus aucune crainte. Elle flottait stupidement entre ses pieux, sans rien protéger d'autre que des amas de débris fumants et du gazon labouré par des fragments de roche stellaire.

Xanoto fredonna tout de même entre ses dents un air triomphant.

Il se surprit à imaginer une foule en liesse rassemblée sur le parterre du domaine. On criait : « Vive l'empereur, vive Xanoto ! », et lui souriait en faisant scintiller le métal poli de son sceptre réparé. Xanoto ferma les yeux pour apprécier cette scène si belle qu'il aurait pu en pleurer.

Il enjamba la poutre qui obstruait la grande porte d'ivoire, fit tourner les gonds grinçants et avança dans le vestibule. Aux chandeliers s'accrochaient des coulisses de cire à jamais figées, et les miroirs étaient parcourus de fissures dignes d'un film d'horreur. Le cadavre d'un majordome en redingote dansait sous les mâchoires de gros rats. Xanoto les chassa en abattant son sceptre sur leurs petites têtes.

Il gravit les escaliers menant à ses quartiers privés, ses pas laissant des traces sur le tapis de poussière.

Dans la chambre impériale, Xanoto s'assit sur le fauteuil près de l'âtre.

Son plan ne s'était pas déroulé comme prévu, mais le résultat était néanmoins appréciable. Maintenant qu'il était aux commandes, il pourrait jeter les bases d'une société à son image. Il avait beaucoup à faire : jamais il n'avait pensé hériter d'un royaume si mal en point. Il y avait tout de même du bon dans la destruction

Xanoto entendit un bruit de verre brisé de l'autre côté de la porte. Puis des grognements rieurs et des pas qui s'approchaient de plus en plus vite. Son cœur s'affola et ses pupilles se dilatèrent.

La porte vola, et une horde de vauriens apparut, la bouche écumante. L'empereur bondit et dressa son sceptre. Il voulut crier quelque chose comme «Gardes!» ou bien «Je suis votre souverain, et je vous ordonne de quitter ces lieux!», mais n'en eut pas le temps.

La horde fondit sur lui. On lui arracha son sceptre, et on le lança contre la cheminée. Le symbole du pouvoir explosa en d'innombrables fragments.

La dernière pensée de Xanoto fut qu'au moins, il mourait empereur.

★

Le paysage était paradisiaque. La poussière était retombée et le ciel avait retrouvé ce bleu si commun autrefois qu'on le regardait sans s'émerveiller. Le soleil brillait comme il brillait depuis des milliards d'années, indifférent aux choses.

Maître Glockenspiel était penché vers l'avant, comme s'il faisait la révérence ou prenait une position de yoga très douloureuse. Il était toujours en un seul morceau, signe que ses craintes de n'être qu'une vieille branche sèche impossible à plier étaient infondées. Autre nouveauté, il tenait entre ses mains un outil de prolétaire — une truelle —, et ses habits d'ouvrier étaient souillés de terre noire. La toile de son pantalon était humide à la hauteur des genoux.

Une goutte de sueur tenta de se frayer un chemin entre ses sourcils, mais Maître Glockenspiel saisit cette rare occasion pour affirmer ce qu'il lui restait de pouvoir. Il stoppa net l'invasion de la goutte en l'essuyant du revers de la main.

L'empereur déchu s'était mis à la culture des brassicacées. Il avait choisi la production de légumes qui poussent sous la terre pour l'anonymat que cela lui procurait. Qui se souciait de la provenance de ces aliments vulgaires au goût âcre ? Tout le contraire de ces petits fruits exotiques hors de prix que les gourmets mangeaient jadis en s'interrogeant sur les techniques du petit producteur indépendant qui les avait cueillis.

En cette journée particulièrement ensoleillée, Maître Glockenspiel récoltait des navets. Il savait que ce légume n'avait jamais été le plus populaire du potager ; mais l'homme nouveau qu'il était trouvait un plaisir véritable à le déterrer. Il dégotait les plus beaux spécimens et, après s'être nourri convenablement, donnait ses surplus aux vagabonds.

Une fois par semaine, il empruntait une barque abandonnée sur la plage près de l'ancien quartier industriel et naviguait jusqu'à la position approximative d'une fosse océanique. Il lançait alors à la mer des poignées de nourriture rangées dans des sacs lestés et priait pour qu'ils coulent jusqu'à Ursula, à qui il continuait de confier ses états d'âme.

L'obscurité de son état. Le travail difficile récompensé par les sourires des citoyens affamés. Les gestes d'abnégation pour une amie qu'il ne reverrait plus. Ces sacrifices lui procuraient une sérénité qui lui avait été inaccessible dans son ancienne vie.

Maître Glockenspiel tira sur un navet particulièrement coriace.

Il ne rêva plus jamais d'être assassiné.

Remerciements

Merci à Caroline F., pour son écoute, son imagination, son accompagnement, ses conseils, sa patience et sa grande intelligence émotionnelle ; Caroline B., pour son soutien et son amitié ; Julien F., pour son regard aiguisé ; Jean-Michel N., pour sa candeur et son enthousiasme ; Marie-Pier M., pour son apport créatif ; et à Gautier L., pour sa lecture critique.

Merci à Mélikah Abdelmoumen, pour ses encouragements, son engagement, ses idées et sa présence malgré la distance, ainsi qu'à Alain-Nicolas Renaud et toute l'équipe de VLB, pour leur travail rigoureux.

Cet ouvrage composé en Bembo corps 12,5 a été achevé d'imprimer au Québec
le vingt-neuf août deux mille dix-sept sur les presses de Marquis Imprimeur
pour le compte de VLB éditeur.